ドイツと日本の真ん中で

オルセン昌子

明窓出版

◎ドイツと日本の真ん中で　目　次◎

おじいちゃん

どんなに長い時間飛行機に乗っても、十二時間どころか、二十時間乗っても三十時間乗っても、おじいちゃんにはもう二度と会えないんだね。茶の間で、あの揺り椅子に座って「トミーはもうそろそろ着く頃だな」と側にある電話が鳴るのを待っていてはくれないんだね。成田から「おじいちゃん、無事に着いたよ」と電話しても、もう、「そうか、良かった」と言ってはくれないいんだね。

僕は、ドイツで生まれて育ったから、日本語はあまり自信がない。でも、こうして話せるのはおじいちゃん達のお陰なんだ。ママが日本語で話しかけているというのに、僕達がドイツ語でばかり答えていると、ママがよく言った。

「自分の孫と日本語で話せなかったら、おじいちゃんとおばあちゃんが寂しく思うわよ」

あの頃は、そう言われると、あわてて日本語に切り替えたものだった。「ドイツ人の孫じゃ話ができないから寂しいもんだ」と思われたくなかったから、これでも頑張ったんだよ。

春休みになると三週間もおじいちゃん達の家に行ったから、ドイツに住んでいたって、僕はかなりおじいちゃんっこだった。

一　日本から入ったファックス

おじいちゃんが肺炎になって命が危ない、という知らせで、急にママが日本に帰国してから二日目。ファックスが入った。

「ママは大好きなお父さんを、今失おうとしています。できたら、みんなでお別れに来てください」

そう書いてあった。

ママのファックスが入ったとき、僕はちょうど心身障害者の家でボランティアとして働いていた。週末なので作業所に出かけない障害者九人の面倒を、朝十時から夜十時まで、十二時間ぶっ通しで見ていた。

その日はよりにもよって、かなりいろんなハプニングがあった。午後のお茶の後、車椅子の六十六才のリズベッドはトイレに行くのに間に合わなくて、下半身がすっかり汚れてしまった。恥ずかしくておいおい泣いているリズベッドをなだめながら、着替えを手伝って、車椅子や床をきれいにした。

やれやれ夕食になったかと思ったら、今度は三十八才のシュテファンが自分のシュニッツェル（とんかつ）を食べ終わった後、隣のギュンターのシュニッツェルに手を出した。同僚の介護員が注意したら、シュテファンはかんしゃくを起こして、あっという間に右腕ひと払い……、それは見事にお皿とコップをテーブルから落とした。その早わざにびっくりしたほかの八人みんなが、ワイワイガヤガヤし始めたので、それはにぎやかなものだった。障害者でも、食事中の行儀はちゃんとしなければならないから、食器類も本当のガラスや陶器を使っている。だから、そんなことをする人がいるといつも大騒ぎになる。興奮する人をなだめたり、お皿の破片を集めたり、それぞれの言い分に相づちを打ったりして、僕ともう一人の介護員はてんてこ舞いの忙しさだった。

そういうわけで、かなりきつい一日となった週末勤務の夕食後、お姉ちゃんのナナが僕の仕事場に電話をしてきた。ママからのファックスのことを知らせるためだった。僕が家に戻ったとき、ナナがもうインターネットで、翌日早朝出発のフライトを押さえていたから、僕は夢中で上司や同僚に電話をかけまくって、休みが取れるように、都合をつけてもらえるか聞いてみた。僕の立場はボランティア介護員だけど、なにしろ正式な介護員人数がギリギリだし、毎月シフトの組直しをして、勤務時間が公平になるようにしてあるから、簡単に抜けることはできない。

でもおじいちゃんの一大事だから、どうしても日本に行きたかった。おじいちゃんの顔が見たかった。「おじいちゃん、トミーだよ。トミーが来たからね」と言いたかった。日本人は、そういうことをあんまり言わないから、僕も言ったことがなかったけど、やっぱりおじいちゃんが生きているうちに言いたかった。

「おじいちゃん、大好きだからね」

二　ドジョウ捕りの思い出

十時間後、ナナと僕はもう飛行機に乗っていた。お姉ちゃんのボボは、大急ぎで大学に提出するレポートの見通しをつけて、一日後に来ることになった。

いつもだったら機内では、本を読んだり、映画を見たり、眠ったりと長くてもかなりリラックスして過ごせるけど、あのときは違っていた。「もしかすると、おじいちゃんが、会いたくても会いたくても、会えない所に行ってしまうかもしれない」そんな考えが頭の中をぐるぐる回って、のどから胸がズシーンと重苦しくなるのを感じながら、映画も本も、まるでどうでもいいことに思えた。「みんなでしゃべったり笑ったり怒ったりするこの世の情景の中から、おじいちゃんがいなくなるかもしれない」というのがたまらなかった。映画や本が目の前にあっても、頭の中を支配したのはおじいちゃんとのいろんな思い出だった。

このあいだ、偶然にもちょうど久しぶりにアルバムを整理したばっかりだったから、そのとき見た写真で、いろんな思い出があらためて新鮮になっていた。

ドイツの僕のオミ（おばあちゃん）が、まだ健康だった頃、十一人の孫のためにそれぞれのアルバムを作って楽しんでいたこと、おじいちゃん知っているかな？

オミは右半身が不自由になって、それができなくなってしまったから、それ以来、孫がそれぞれに、オミから受け継いだ自分の分のアルバムの整理をするようになった。

その中におじいちゃんとパパと僕で釣りをしたときの写真があった。ドイツから日本に引っ越してきた僕達に会いに、おばあちゃんと二人で泊まりに来たときのものだね。おじいちゃんが持つ釣りざおの先を見ながら、赤いTシャツを着て大きな口をあけて喜んでいる僕。小さい魚が釣り竿にくっついてくるのが面白くてワクワクしたものだった。三歳になったばかりの僕には初めての釣りだった。

得意そうにバケツを持っている僕達三人兄弟の写真もあった。あれはおじいちゃんの町の夏祭りで、僕達が手に入れた賞品を運んでいるようすだね。

あのとき、おじいちゃんは僕達を『どじょう捕り』というコーナーのところに連れて行ってくれた。ナナとボボと僕は、あのとき生まれて初めてどじょうを見たんだ。細くてヌルヌルしたどじょうが、僕達の手の中をスルスルくねくねと、すばしっこくすり抜けていってしまうから、僕達はそのどじょう捕りゲームに夢中になった。三人で無我夢中でつかまえたから、いつの間にか、どじょうはバケツの中が黒くなるほどいっぱいになっていた。そしたら、僕達の熱中ぶりを面白がっていた係りのおじさんが言った。

「そのどじょう、全部家に持って帰っていいんだよ」

僕達は、そのどじょうを、金魚のようにガラスの器に入れて飼うことになるんだろう、とぼんやり想像しながら、二人ずつ交代で、どじょう入りのバケツをよいしょよいしょと家まで運んだ。

真夏の暑さばかりじゃなくて、どじょう捕りのゲームの興奮も覚めなかったし、いっぱい捕れたという満足感もあったし、どじょうと水の入ったバケツも重かったしで、僕達は体中赤くなって汗をかきながら歩いていた。おじいちゃんは喜んでいる孫をもっと喜ばせようと思ったんだね、きっと。一緒に歩きながら、にこにこして言ったね。

「さて、今夜はおいしいどじょう汁だぞ」

僕達が、「どじょう汁って、なに？」と聞いたら、鍋の水の中にどじょうを入れて煮るんだ、そのときお豆腐を入れると、熱がってどじょうが暴れて、冷たいお豆腐の中にもぐったりするんだ、と説明してくれた。

僕達はびっくりして、それまでの楽しい気分がいっぺんに吹き飛んだ。そんなどじょう殺しは絶対にだめだ、かわいそうなどじょうだ、そんなもの絶対に食べない、そんなことしたらおじいちゃんのこと大嫌いになる、と三人でわぁわぁ騒いだ。そしたら、おじいちゃんが言った。

「じゃあ、今度はみんなで田んぼに行こう。あそこに行けば川があるから、そこで逃がしてやればいいよ」

相変わらずセミがミーンミーンと鳴いている中を、今度は田んぼの方に向かって、みんなでバケツをもって行進した。

「ああ、ドイツ人の孫をもつと、どじょう汁にも思うようにありつけないな」

にこにこしながら、おじいちゃん、つぶやいたね。

三　国の違い、習慣の違い

いくら考えても、おじいちゃんが急にそんな重病になったのが信じられなかった。僕が急に日本行きの飛行機に乗っているのが信じられなかった。おじいちゃん達と過ごしたときのことや、年取ってきてからのおじいちゃんのようすが、次から次へと思い浮かんだ。

突然声が聞こえた。はっとして横を向くと、スチュワーデスが英語で聞いてきた。

「なにか飲みますか？　オレンジジュース？　それとも水？」

ドイツ語で考えごとをしていた僕は、とっさにドイツ語で答えてしまった。あわてて、英語で言い直す。いつもこんなことをしては、ああ、そうだ、飛行機に乗っているんだ、と実感する。日本人のスチュワーデスだったら、英語で聞かれても、日本語で答える。すると今度は、日本語の返事を期待していないスチュワーデスがあたふたする番だ。

食事のときには、「カフェ　オァ　ティィ？」と聞いてくる。日本からヨーロッパに向かう飛行機では、この頃は金髪のスチュワーデスが「オチャ？　オチャ？」と、まず緑茶を飲みたいか聞いてくる。僕の頭の中では紅茶が〈お茶〉になっているから、一度この「オチャ」をもらったら、それは緑茶だった。こうなると国際線はかなり混乱線になる。

おじいちゃんはそんな混乱があればあるほど、まずは外国に行くっていう気分が出てくる、と言って面白がっていたね。飛行機の中で隣に座っていた人のことや、おばあちゃんと二人でロンドンで乗り換えたときハラハラしたことなど、毎回楽しそうに話していた。ハプニングがあればあるほど旅というのは面白い。おじいちゃんはいつもそんなふうに前向きにものごとを見ていて、「予定通りに行かなかった」なんて、文句を言ったことなど一度もなかった。

おじいちゃん、ドイツの知り合いのゴーツさんに、午後のお茶に呼ばれたときのこと覚えてる？　あのときも飛行機の中みたいに聞かれたね。

「あなたはなにを飲みますか？　コーヒー？　紅茶？」

「なんでもいいです」

と答えるおじいちゃんに、ゴーツさんは言ったね。

「そう言わずに、飲みたいもの言ってください」

「それでは、コーヒー。ミルクと砂糖もお願いします」

「私は紅茶、お砂糖とミルクでね」

「私は、ハーブティー」

その場にいたゴーツさんの奥さんもママも、それぞれしっかり違うものを注文していたね。それで普通なんだ、ドイツでは。単にそう思う僕と違って、そこでママは文化比較を始める。

「日本だったら、いちいち面倒をかけるからという気遣いで、同じ物でいいです、っていうことになるのにね。それに、同じ物を、おいしいね、って言いながら飲んだり食べたりすることそのものも、日本人にとっては結構意味があるじゃない？〈同じ釜の飯を食べた仲〉っていう表現があるぐらいだし。でも、ドイツではそれぞれの好みが重視されるのよね。だれもが自分の飲みたい物を飲むっていうのがそれほど大事なのかしらねー。やっぱり個人の意思を大事にする個人主義の表れなんでしょうね、これは」

まあ、僕に言わせれば、お客さん一人一人の希望を尊重して、飲みたい物を出してあげようとする態度は、ドイツ人なりに一所懸命歓迎しようとする気持の表れなんだ。それなりの思いやりっていうものだね。日本では相手の望みを察して出すんだろうけど、ドイツでは合理的に直接望みを聞いて、個人の希望に沿うように出す、それだけの違いだと思うんだ。

僕達兄弟三人は小さい頃から、ドイツと日本の文化習慣を日常的に交互に見て育ってきたから、どっちの文化習慣にも違和感がない。でも、そうでなかったら、やっぱり外国のやり方はそんなに違うんだ、と思うかもしれないね。

たとえば、ドイツの僕達の家には、日本式の段差のある玄関がある。日本人にとっては、極く当たり前のこと。でも、ドイツ人にはその二〇センチの段差に何の意味があるのか分からない。何も言わないでいると、靴を履いたまま段差を無視して上がる人がほとんど。段差の前で靴を脱ぐ日本式の玄関だと説明すると、まず、どこで靴を脱ぐかでひと騒ぎになる。日本人だったら、玄関の中に入ったら段差の前で靴を脱いで、廊下の上に直接足をのせる、という動作はだれでも無意識にする。でも、ドイツ人のお客さんに、玄関で段差の前まで来て靴を脱いで、直接廊下の上に足をのせるということをあらかじめ説明しても、その動作を一発でできた人は、過去十二年のうちで一人もいないんだよ。往診のお医者さんに、「すみません、日本式の玄関ですので、靴を脱いでいただけませんか」とママが申し訳なさそうに言ったことがある。お医者さんは、あわててドアの外まで戻って靴を脱いだから、ママは恐縮して、「いえ、どうぞこちらまで進んでから、靴を脱いで……」と説明したけど、「別にきれいだからいいですよ」と言いながら、玄関の中には靴下ですたすたと入ってきた。いろんなドイツ人の反応の仕方については、「このことだけでも一冊の本が書けちゃうほどね」とママが呆れるほど多様なんだ。

こんなに小さいことでも、他の国の習慣が分からないと、それほど違うんだと思う。でも、一度分かれば、それが違和感なく頭の中に入って受け入れられる。どうしてそんな習慣があるんだろうと考えれば、その国に対する知識が増えるだけじゃなくて、その国をより深く理解することにもなると思うんだ。

僕はドイツの文化習慣はもちろん、日本の文化習慣もある程度分かるから、むしろ違いはそのぐらいで、人間はみんな同じだという考えの方が強い。でも、その代わり、いろいろな国の文化習慣が違うのはどうしてなんだろう、どういう意味があってのことなんだろう、とよく考えるようにもなったけどね。

四　僕の後悔

おじいちゃんの命が危ないという不安でいっぱいだった僕の目には、飛行機の窓の外に果てしなく連なっている暗灰色の雲が、まるで僕の心境を表しているかのように見えた。ふと、一年半前の夏休みに、ドイツからおじいちゃん達の手伝いに行ったことを思い出した。「やっぱり頑張って実行してよかった」つくづくそう思った。あれがなかったら、僕は今ごろ良心の呵責《かしゃく》にさいなまれて、たまらなかったに違いない。

その前の年のお正月、僕はおじいちゃんと、とてもバカな別れ方をしてしまった。そのことはドイツに戻ってからもずっと僕を責めつづけていた。「おじいちゃんと仲直りしたいから春休みに日本に行かせて」なんて、とてもじゃないけど言えないし、大体一年に二回も日本に行くなんていうのはぜいたくすぎる。ときどきおじいちゃんと電話で話しても、やっぱり顔を見てあやまりたい、といつも思っていた。あんなにいいおじいちゃんに、なんていう態度をとったんだろうと、よく思い出しては情けなくなった。

でも、言い訳がましくなるけど、あのときは僕だってそれなりに、おじいちゃん達に少しでも面倒をかけないようにしようと思って忙しかったんだ。なにしろ四ヶ月間日本の高校に通ったから、思い出の品とかも多くて、荷物がどうしてもうまくまとまらない。郵便で送る分の荷造りも全部送るばかりにして、部屋の片付けもしていたら、あっという間に夜が明けてしまった。

僕はくたくただった。そうとは知らないおじいちゃんが、のろのろしている僕を見ていられなくて手伝おうとした。それは、僕には大したことでなくても、目が不自由でパーキンソン症のおじいちゃんには大変なことだと分かっていた。

「いいんだよ、自分でやるから」

きっと僕の口調がイライラしていたんだね。少し雰囲気が変わってしまった。出来上がったトランクが玄関の上に置いてあったのを見て、おじいちゃんが言った。

「ちゃんと玄関の外まで出しておいたほうがいいぞ」

普通だったら僕もそうしていたかもしれない。でも、あの朝はなにしろもう疲れていたし、まだしておきたいことがいろいろあったから、その時間さえ惜しいぐらいだった。だから、つい、あまのじゃくになって答えた。

「タクシーの運転手さんが持っていってくれるよ」

そしたら、おじいちゃん、きっぱりと言ったね。

「トミー、日本人はそうは考えないんだ。ちゃんと玄関先に置いたほうがいいぞ」

僕はおじいちゃんにあれこれ言われるのが頭に来たし、なんだかドイツに帰る気にもならなくて、なにもかもイライラしていた。だから、タクシーが来たとたん、おじいちゃんにあいさつもしないで乗ってしまった。「ありがとう」も、「さよなら」も、「元気でね」も、何も言わないで。

目がよく見えなくなっていて、パーキンソン症もあるおじいちゃんがかわいそうで、本当はもっと何かしてあげたいと僕は思っていた。それなのに、実際には気持ちとまるで反対のそんな態度をとってしまった。「なんてバカだったんだろう」と今は思う。でも、あの頃、僕はまだ十六才だった。あのぐらいの歳になると、自分ではもういろんなことを知っているつもりだから、大人からあれこれ言われるのがうるさくてたまらない。そのくせ自分の気持ちもまだうまくコントロールできないから、ついいろんなことで、まわりの大人とぎくしゃくしてしまうんだ。

あのときの僕の口振りも悪かったかもしれない。人間、本当に言い方次第だものね。ドイツには、〈音の高低が音楽を作る〉(Der Ton macht die Musik)ということわざがある。聞いてどういう曲になるかは、曲に使われている音次第だという意味で、何かを言うときは言い方に気をつけよ、という誡めの言葉なんだ。忙しかったりすると、相手の気持ちなどよく考えずにものを言って、お互いが不愉快な気分になったりする。だから、忙しい世の中ではみんながギスギスしがちになる。あの朝はまさにそのいい例だった。

あの朝、タクシーに乗ったとたんに、僕の後悔が始まった。バカみたいなことだけど。あの頃はそんなことばかりやっていた。すぐ近くにいる大人相手ならいい。次の機会に優しくして、僕の後悔というか、僕が悪かったということを態度で示せるから。でも、おじいちゃんのいる日本は、僕が住んでいるドイツから一万キロメートル近くも離れていた。

それから一年半が過ぎた頃、ママが僕に聞いた。

「外国に行ってボランティアしたいんだったら、今度の夏休みはそのための語学留学をする?」

僕は即座に答えた。

「僕はそのお金で、本当は日本に行きたいんだ。語学留学はいつだってできるけど、今は、僕は他にすることがあるんだ。おじいちゃん達の手伝いに行きたい」

ママはその冬三ヶ月程おじいちゃん達の手伝いに行っていたし、おじいちゃん達がいろいろと不自由しているのは分かっていた。その頃はおばあちゃんがアルツハイマー症と言われていたし、おじいちゃん達二人だけの暮らしはかなり心配だった。だから健康な僕だったら、きっとできることがいっぱいあると思ったんだ。

それなのにママは、あの夏の暑さでそんなに思うように手伝いができるわけがない、あの暑さはドイツ人には分からない、と僕の提案をあまり喜んでくれなかった。でも、僕は、以前にした短期留学のときも八月に入って行ったから日本の夏はよく記憶にあるし、若いからあのぐらいの暑さはどうっていうことはない、と頑張った。大人が自分の判断を押し付けてくるのはまっぴらだ。とんでもない、僕は自分がなにをしようとしているのかぐらい分かっていた。

僕の決心が固い、と気が付いたママは「高校生なんだから高校生らしい夏休みの楽しみを少しは持たなくちゃ、それは絶対おじいちゃん達の希望でもあるんだから」と、さっさと鎌倉の友達に電話して、「息子に富士山と鎌倉の大仏さんを見せたいから、二晩ほど泊めてもらえないか」と頼み込んだ。富士登山が思いがけず予定に入った後は、帰国ついでに途中下車をして、ウイーンの街をじっくり観る予定まで入れた。ドイツに戻るのは新学期が始まるギリギリでよいとする。こうして、みんなが満足できる六週間の夏休みの計画が出来上がった。僕は意気込んで簡単な料理を覚え、家事手伝いに日本へ向かった。

あのときの機中の時間は、今回とはまるで違って過ぎた。僕は、自分のいろんな予定を実現させるために意気揚々としていたから、長いフライトの時間でも何でも楽しめたんだ。日本に降り立って、むっと熱く感じる真夏の空気だって、張り切っていた僕には全然気にならなかった。

高速バスに乗って、おじいちゃんの家に着いた僕は、トランクを置くなり言った。

「おじいちゃんに謝りたかったんだ。あのときは、ごめん。そんなつもりじゃなかったんだ」

「あー、そんなこともう覚えていないから、だいじょうぶだよ」

安堵の溜息と一緒に、僕の一年半に亘る後悔の念が、スーッと消えていった。

それからの毎日はすごく暑かったけど、とても充実していた。あの五週間はあっという間に過ぎたね、おじいちゃん。

優しかったおじいちゃんは、いつも他の人に良いようにと考えていた。その気持ちを他の人が無視したり、分かってくれなかったりすると、すごく寂しそうだった。他の人だったら、「なんだ、せっかく考えてやっているのに、人の気も知らないで」と腹を立てるようなときでも、おじいちゃんは、自分の気持ちが伝わらないのが悲しいような感じだった。そんなとき黙って寂しそうな顔をするおじいちゃんのようすが、僕にはよく思い出せる。

あるときママが、感心して言った。

「お父さんは、まー、よく怒らないですむわねー」

おじいちゃんは娘に誉められたような気がして、照れくさそうに答えたんだってね。

「何かがあっても、怒ろうと思うまでに三日ぐらいかかるからなぁ。ま、三日もすると大体時効ということもあるし。それで怒る機会がないだけだよ」

おじいちゃんには、日本人の良さが集中してあった。優しさ、思いやり、気配り、誠実さ、辛抱強さ。おじいちゃんは、僕が好きな日本のシンボルだった。

五　ススキとコスモスの歓迎

思い出や考えごとで頭の中がいっぱいの僕を乗せた飛行機は、工場のような音をさせながら暗闇の中を突き抜けるように飛んでいた。それは、時がいつの間にか過ぎていくのにも似た、飛ぶということを感じさせない飛行だった。機内映画が終わった後、乗客は眠ったり本を読んだりしていた。遠くの空の紺色がオレンジや黄色にとって変わって眩しくなってきたとき、機内放送が日本に近づいていることを知らせた。

日出ずる国日本（Das Land der aufgehenden Sonne）に着くのはいつも朝方だ。秋の光と空気は心地好く、緊張しっぱなしの僕にふっと安らぎをくれた。

飛行機から降りたナナと僕は、いつものように成田空港からおじいちゃんの家に電話をした。

「今、着きました」

「あぁ、よかった！　おじいちゃんはまだ大丈夫よ！　お疲れさま。じゃあ、十二時に高速バスの停留所で待っているわね」

電話に出たのは伯母さんだった。おじいちゃんではなかった。当然だ。おじいちゃんは病院にいるんだから。僕の心臓が一瞬ぶるっと震えたような気がした。

高速バスに乗って、僕は外の景色を眺めた。今、僕の大事な一人の人間が死んでしまうかもしれない。とても現実とは思えないそんな瞬間にも、目の前で揺れているススキはなつかしい優しさで僕を迎えてくれた。あちこちの庭先で咲き乱れる可憐なコスモスも、ずっと張り詰めっぱなしだった僕を慰めてくれた。

あのススキの群生を見たとき、ママがドイツの庭に日本の四季の花を咲かせようと思う気持ちが分かったような気がした。ススキとコスモスの揺れるようすは、まさに、優しさそのものだった。じっと見なかったら見過ごしてしまうような目立たないベージュ色をしたススキが、遠くから僕の心に迫ってきて、たまらないほどの包容力でいたわってくれた。風の中で波のようにゆれるススキを目にしながら、弱々しく息をしながらも、もしかしたら僕達のことを一所懸命待っているかもしれない、病院のおじいちゃんを想像した。ひとりの人間が死ぬということ。今まで存在していたひとりの人間が、突然息をしなくなって、その存在をやめてしまうということ。残された者の言いようのない喪失感。僕はひょっとしてもうすぐ襲ってくるかもしれないその喪失感を想像して喘ぐような気分だった。

おじいちゃんの命のことを考え、人生のことを思い巡らしたとき、僕はおじいちゃん達と過ごした夏休みのある晩のことを思い出した。あの夜、おばあちゃんは珍しく早々と寝室に引き上げていた。僕はやっと少し涼しくなった夜気にほっとして、本を読んでいた。お風呂から出てゆり椅子に座って、夜の音に耳を澄ましているみたいに見えたおじいちゃん、急にぼそっと話し始めたね。

「おじいちゃんはね、これでも旧制中学校での成績が良かったんだ。だから、推薦で東京の大学に行くこともできた。まあ、それでも、年取った親父が一人で、経済的にどうやったらいいか分からなかったから、まず進学はあきらめた。そのかわり、東京の一流商社に入ることに決まっていたんだ。だけど結局、それも止めた。年取った親父がさみしそうに言ったんだよ。《おまえまで俺を置いて行くのか》ってね。それを聞いたら、もう東京には出て行けなくなってしまった。あのときは、学校の先生に散々怒られたものだなぁ。《会社に入る約束をしておきながら、入らないなんて勝手もいいとこだ、学校の信用がなくなる》ってね。おじいちゃんだって、男だからな、行きたいのは山々だった。東京に行って、自分の力を試してみたかった。でもなぁ、年取った親父にああ言われちゃなぁ。だから、あのときは思ったんだ。親父もだいぶ年取っているから、まあ、親父をあの世に見送ってから、東京に出ても遅くはないだろうってね。ま、そしたら、親父はずっと長生きしたし、戦争にはなるし。人生っていうのは、そんなもんなんだなぁ」

おじいちゃんの一人の大人としての人生は、「親を一人置いていくわけにはいかない」という思いやりから始まったんだね。

若いとき、父親のことを第一に考えて自分の進路を決めたおじいちゃん。元気な頃よく言っていたね。

「みんなに迷惑をかけないようにその分貯金をしておくから、できたら、いざというときは来てもらいたいんだ」

人にできるだけ負担をかけないことがおじいちゃんには、一番大事だった。いつもいつも、まず人のことを考えて、自分のことは二の次三の次だった。自分のことを先に考えるのが普通のドイツで育った僕には、おじいちゃんの考え方ややり方がよく心に残っている。

パパが、おじいちゃんに、ママと結婚したいのでお願いします、と言ったときもそうだった。大学のとき一年間日本で留学したことのあるパパは、おじいちゃんと日本語でいろいろ話そうと思っていたらしい。でもおじいちゃんは、たった一言だけ答えた。

「田舎では国際結婚はしないんです」

おじいちゃんは、それを意識して言ったのかどうか分からないけど、それは誰をも傷つけないで断るのには一番効果のある返事だったみたいだね。パパはそれ以上言葉が見つからないで、あっさりと身を引いたんだって。

タクシーのりばが分かるようにと、パパの先に立って数メートル先を歩いていたおじいちゃんが急に立ち止まった。とぼとぼと歩いていたパパが近づくと、おじいちゃんは言った。

「がっかりしましたか?」

それは、すごくおじいちゃんらしい、と僕は思う。娘の国際結婚には反対だったから断ったものの、パパの悲しそうなようすは見ていられなくて、つい口からそんな言葉が出てしまった、そうだったんだよね、おじいちゃん。

その言葉を聞いてびっくりして、感激したパパは、「こんなに優しいことを言う人の娘さんと絶対に結婚したい」とますます強く思ったそうだ。それでも、そのときはよけいに辛くなって、タクシーのりばを通り越して、静まり返った町の大通りを一人で当てもなくずっと歩いていった。しばらくして同じ通りをまた戻ってきたら、さっき別れた所でまだおじいちゃんが立っているのが見えた。気まずくて、またおじいちゃんと顔を合わせたくなかったパパは、あわててまた大通りを引き返して、一時間位してから少し離れた駅前からタクシーに乗った。降りてお金を払おうとしたパパに、運転手さんが言った。

「お代はもういただいてます」

パパはそのときの感激はいまだに忘れられないらしい。機会があるとその話をしては、話し相手のドイツ人と一緒になって感心している。そこまでの気遣いはドイツではありえないからね。

六　〈意志あるところに道あり〉

おじいちゃんには、日本人としての典型的な優しさがとことんあったけど、びっくりするような率直さもあったね。

そんなことにも気がついたのは、やはりあの夏休みの夜、いろんなおしゃべりをする機会があったからだ。おじいちゃんが旧制中学生のときの思い出話の一つに、その性格がよく現れている。

同級生の一人が、あまり人気のない先生の授業中に、鏡で太陽の光を先生の顔に反射させていた。そのうち先生が怒り出して、その生徒の方を向いて、授業の後教員室に来るように言い渡した。その生徒は先生に見つかる前にさっと鏡を隠して、下敷きを手にしていた。おじいちゃん、級長としてその同級生をかばうつもりで言ったんだってね。

「先生、物理の先生が、その古いプラスチックの下敷きで光がそんなに強く反射すると思うんですか？」

もちろん、先生はカンカンになった。

「おまえ、生意気だ。後で、教員室に来い」

クラスの友達は口々に、おまえの味方だからな、とか言ったけど、実際に職員室についていこうとする級友は一人もいなかった。そして、職員室では、他の先生がずらっと並んで座っている前で、右、左、右、左、とすごいビンタをやられたんだってね。おまけに成績まで下げられてしまって、また元に戻るまで苦労したと言っていたね。その頃は、もう戦争の色が濃くて、権威がとても重んじられていたから、生意気な生徒は徹底的にやられた。戦後四十年経ってから、ドイツで生まれた僕には、それほどの権威というのは想像もつかないけど。それにしても、勇気あったね。

思ったことは先生に対してでも、遠慮なく言ってしまうというおじいちゃんの姿勢はどうやらママにも受け継がれている、とその話を聞きながら僕は思った。

ドイツの父兄会は、昼間働いている父親も母親も参加できるように、夜七時頃からある。ドイツと日本の学校の違うところは、先生に遠慮しないで、親がどんどん意見を言うことだね。ナナが六年生のとき、授業が休みになって早く帰って来たりすることがなんだか異常に多かったから、父兄会のときに、父親の一人がそのことを持ち出した。

「休みになった授業をこの半期数えたら、二十二時間にもなりました。これはどう見ても正常じゃない」

それをきっかけに、クラス中、すごいディスカッションになった。五年生から十三年生までが通うギムナジウムでは科目によって先生が代わるから、それは担任の先生一人のせいじゃない。でも、父兄の不満声に圧倒されて、担任の先生は説明した。

「教師だって人間だから、病気になる権利があります」

ママが手を上げた。

「日本の先生も人間ですから病気になったりしますが、簡単に授業を打ち切ったりしないで、プリントで勉強させたり、代理の先生が来たりします。意欲と企画次第で、授業は補えるはずです」

他の親達は、大人しそうな日本人がきっぱりとそう言ったから、一瞬シーンとなったんだって。

ママは、ドイツでの暮らしの初めの頃は、すごく日本人的にやっていたらしい。でも、僕達三人の子供を育てながら、少しずつ強くなっていった。そんな自分を説明するために言ったことがある。

「日本ではね、〈女は弱し、されど母は強し〉っていう言い方があるのよ」

僕達家族が一時住んでいた日本から、ドイツに戻って家を建て始めたときも、自分の意見をはっきり言わなくてはならなかったから、それもママが強くなるきっかけになったらしい。

東西ドイツ統一のすぐ後に始まった僕達の家の新築には、いろんな国の人達が関わりあった。

まず整地をして、あの地下室の穴をトラクターで掘ったのは、ポーランド人と元東ドイツ人で、指揮していたのはドイツ人だった。

地下室の床のコンクリートが流し込まれた後、レンガのような石をひとつずつ重ねて壁を造っていったのはイギリス人達だった。仕事がのんびりしすぎという理由で、やがてそのイギリス人達が来なくなって、その後バトンタッチされたのはドイツ人のマイスターとトルコ人だった。

地下室ができた後は、一階の床ができるときも二階の床ができるときも、コンクリートミキサー車の大きいのが来て、床にコンクリートを流し込んだ。日本でビルを建てるときみたいに、魚焼きの網を大きくしたようなのを置いてその上にコンクリートが流された。家の中の細かいことになったら、昼間、仕事で忙しいパパに代わって、ママがいろんな希望を言わなければならなかった。初めの頃は「私、ドイツ人の大の男相手に、そんなこと言えないわよ」なんて言っていたけど、ママは、〈そんなこと〉を言うやり方をだんだんに覚えていった。

それは、物事はやらなければならなくなると、結構できてしまうといういい例だった。つまり、やろうと思いさえすれば、できるということだね。ママが僕達子供によく言っていた英語のことわざがあった。〈意志あるところに道あり〉〈Where there is a will, there is a way〉ママはそれをカッコつけて英語で言っていたものだから、小さかったボボは、ことある毎に「ウォーイッサウェー、ウォーイッサウェー」と呪文のように口にした。いつのまにかそれは家族みんなのおまじないの言葉になった。

〈意志あるところに道あり〉それは、職人さん達にとってもそのとおりだった。

たとえば、二階のバスルームに、日本式に湯船のとなりに身体を洗う洗い場をつくることにしたとき。パパ達は、足元がすべらないように、おじいちゃんの家のお風呂場みたいな小さいタイル石を選んできた。それを使って、洗い場を洗面台とトイレがある側としきるために、床上十五センチ位の高さの縁《ふち》をつくるというわけ。縁そのものはぶつかっても危なくないよう、角じゃなくて丸くなるように仕上げて下さいと注文した。でも、ドイツ人のタイル職人さんは、小さい六角形のタイルを手でいじりながら言い張った。

「これで丸い角を作るなんて、これまでにやったこともないし、できるわけもないです」

そこでママは言った。

「ドイツのマイスターっていう言葉は世界でも有名なのに、できないんですか。残念ですね。日本のタイル職人さんは毎日のように、丸い角を作っていますけどね」

傍で話を聞いていた僕は、怖い顔をして黙り込んでしまったタイル職人さんを見てハラハラしてしまった。おじいちゃん、覚えてる？　あの洗い場のしきり、ちゃんと丸い縁ができていたでしょう、あれはそうしてできあがったんだ。「そうか、日本のタイル職人が毎日のようにやっていることが、自分にできないわけがない」という挑戦の気持ち、やる気というのはすごい原動力になるものだね。

日本間を造ったときは、僕達がドイツの職人さんに感心する番だった。建築家のゴーッさんやパパ達の希望に沿って、どうやら日本間らしい部屋ができたとき、職人さんが満足げに言った。

「こんな部屋を作ったのは初めてだから、いろいろ勉強になったし、すごく楽しかったですよ。ドイツで建具のマイスターになるためには、少なくとも一週間は、日本ののこぎりの使い方を勉強するんですよ」

日本の木造建築は世界でも有名だから、そこの大工さんがどのようにのこぎりを持って、木と取り組むのかを習うんだって。その建具職人さんは、日本製のこぎりの話をするとき、まるで憧れを込めるかのように話していた。僕達はドイツの建具職人さんが、日本ののこぎりのことをそこまで知っていることに、むしろ驚いたほどだった。

「やっぱりどこの国の人でも、専門職の人達は、それぞれいろいろなところから、自分達の専門の知識を集めるのに熱心なんだね」みんなで、そう言って感心したんだ。だって、そのとおりだものね。どの国の職人さんにしても、自分の文化習慣圏以外のやり方を、文化が違うんだから習っても仕方がないと無関心でいたら、きっといつまで経っても作業のやり方も可能性も広がらないよね。あの職人さん達は、「木造は日本から学べ」と、日本製のこぎりのために一週間も時間をとって勉強したというんだ。その謙虚さとやる気がドイツのマイスターの道につながるのかもしれないね。

自分の国は自分の国、よその国はよその国と言っていたらお互いに何も学べないし、理解し合えない。より良い仕事をするために「よその国からでも、何からでも学んで自分のものにしたい」と思う。そのドイツ人職人さんの「学びたい」という意欲は、僕達にも強く伝わってきて、すごく気持ちのいいものだった。

他の文化のことを知ろうとすると、自然に、じゃあ、自分達の文化はどうなんだろうと考えることにもなる。自分の文化や国、それから自分自身のことって、あんまり身近だから考えもしないけど、分からないことって多いものね。おじいちゃんがことある毎に言っていたことわざにもあるね。〈人の振り見て我が振り直せ〉もしかすると、これはそんな意味にも通用するかもしれないね？

七　日独間の引越し

高速バスに乗って、いろいろ考えながら、流れ行く日本の景色を窓から眺めていた。湖の淵に魚釣りの人が座っていた。釣りをする人のいる情景というのは、とてものどかだね。その人の回りの時間が止まってしまっているかのようにさえ見える。

しばらくすると、すらっと真っ直ぐに伸びた幹がかすかに揺れている緑の竹林が目に入った。ドイツ人にとって竹林というのは〈エキゾチックな東洋〉のシンボルぐらいの意味がある。〈竹〉といったら、日本か中国を表すほどにね。それは多分、竹の葉や幹の特別な形、色、それに伴う風情が、西洋人の見慣れている木々と違うからかもしれない。竹林を見るといつでも、「ああ日本にやってきた」と感慨深くなる。同じように日本を実感させるのは、あちこちにみかけるよく手入れされている庭木のようすだ。

その中でも松の木には特別の思い出がある。僕がまだ小さかった頃、僕達はそんな松が整然と並んで立っている公園に、毎日のように散歩に行ったものだった。日本に引っ越したばかりの真冬の頃だった。松がきれいに並んでシーソーがある公園に行っても、ブランコや鉄棒がある遊び場に行っても、他の子供達もお母さん達もだれもいなかった。いるはずの人達がいないのは寂しい光景だった。ドイツでは、まるで月のような弱々しい光の太陽でも、それを見たとたん、子供達は寒くても外に飛び出していた。特に二月にもなると、子供達はもう春を待ちきれないぐらいだから。

日本では、冬の二月でもお日様が元気いっぱい輝いていた。ジャンパーなしで外で飛びまわれるぐらいのすごくいい天気でも、あんまり外で遊んでいる子供がいなかった。たまに他の子がいると嬉しくて、一緒に遊ぼうとしたけど、その子達はびっくりして、すぐにいなくなってしまった。それでも僕達は、できるだけ辺りをうろうろした。新しく日本で住み始めた家の近くには、海と川があった。僕達はその前の夏休みに、ドイツから南スペインの海辺にたどり着くまでに、二千キロも車で走ったことをはっきりと覚えていた。だから、二〇分位歩けば海に着けるというのはまるで夢のようなことだった。それなのに、どこに行っても人気が少なかったから、僕達はかなり人恋しくなってしまった。

ある夜、夕食後いつものように兄弟三人で遊んだ後、それぞれのベッドに入った。すると突然、ボボが両腕を宙に広げて泣き出した。

「ドイッチュラーンド（ドイツ）！　ドイッチュラーンド！」

ボボの泣き声は悲しく響いた。隣のベッドで寝ていた三歳足らずの僕は、ボボがどうして泣いているのか、意味がよく分からなかったけど、つられて一緒に泣いた。

二ヶ月ほどして、ナナが近くの小学校に入学し、ボボが幼稚園に入園すると、僕は近所の祥平君と、毎日ドロ遊びやウルトラマンごっこをして遊ぶようになった。それから二年経って、僕も幼稚園に入る頃には、僕達三人兄弟は、もうすっかり日本に溶け込んでいた。

年長組に入ってしばらくした頃、ママが言った。

「もうすぐ祥平君にさよならして、ドイツに帰るのよ」

ショックだった。すっかり慣れて快適な日本での毎日がなくなったら、どうなるんだろう。

「ドイツに帰るのいやだ～！　僕は日本人だ～！」

僕は不安でいっぱいになって、涙が止まらなくなった。

「僕は日本人だから、ドイツには帰らない！」

しゃくりあげながらずっと泣いている僕を見て、ママは途方にくれたようだ。あのときママが僕をどうやってなだめたか、おじいちゃん知ってる？　聞いたら、きっと、びっくりするよ。

「ね、トミー、ダイエーに行って何か好きな物買ってあげたら悲しがるの止めてくれるかな？」

なんと、そんな単純なことで、僕は泣くのを止めてしまった。いくらなんでもそんな簡単に、と今の僕は呆れて言葉もないぐらい。でも、子供というのは、きっと生まれつき楽天的にできているらしい。欲しい物を買ってもらう代わりに、泣かないでドイツに引っ越すことを受け入れた。引越しと引き換えに買ってもらったのは、なんと、おもちゃのピストルだった。それまで、たとえおもちゃでも〈戦いのためのピストル〉はパパ達の主義上、買ってもらえなかった。でも、子供の涙が止まるんなら、という一心でママはいとも簡単に主義を忘れてしまった。（なんと頼りない親！）住む国を変えるときにピストルをねだったというのだから、僕は我がことながら、今になって開いた口がふさがらない。

僕達は、日本での仕事があと十ヶ月間残っているパパをおいて、ドイツに引っ越した。南ドイツの小さい小学校に入学した僕は、一クラス十八人の一人となった。僕達の住むことになったオミの家のすぐ近くには、森と川と原っぱがあったし、近所の人達も知り合いもみんな親切にしてくれたから、まるでずっとそこに住んでいたような気楽な毎日が始まった。新しい学校へ行くのに、僕達が寂しくないようにと、近所の男の子が毎朝、僕達を迎えに来てくれた。午後になるとまた近所の子達が遊びの誘いにきた。僕達は、森や川でいろんな遊びに夢中になった。毎日外で遊び疲れて、寝る前に「僕は日本人だ！」と泣く暇もなく寝入ってしまった。

家で遊んでいたとき、僕が急に、ママが教えたこともないひらがなでパパに手紙を書き始めたから、ママはびっくりした。子供の脳というのはどうなっているのか、とすごく興味深く思ったらしい。でも、ひとりでに僕の頭の中に入ったひらがなは、またいつのまにかひとりでに頭の中から抜け出していってしまった。ドイツで目に入るのはアルファベットだけだったから、無理もないね。

日本とドイツ、二つの国を行ったり来たりするのは、周りからなんでもかんでも吸収する成長真っ盛りの子供達にとっては、もちろんそんなに楽じゃない。でも、この経験から僕は言いたいんだ。大人はあんまり子供のことを心配しなくていいということ。大事なのはおおらかに暮らすこと、笑って暮らすこと、一緒に泣いたり笑ったりする大人がいてくれるということ、それだけなんだ。

八　日本人の心

高速バスの窓から外ばかり眺めていた僕は、ふと、反対側の座席に座っている乗客に目を移した。横に座っている人も、斜め後ろに座っている人も目をつぶっていた。日本にやって来た僕と違って、日本に帰ってきた人達は、意識して景色を眺めるよりは、目をつぶって少しでも疲れを取りたいと思うんだろうね。家に戻ればまたそれぞれに、父親としてや、娘としての役割が待っている。そうして眠っている人達を見ても、義務感の強いまじめな日本人が、次の自分の役目のためにエネルギーを蓄えているように僕には見えた。そんな姿を見ると、まるで知っている人達に対してみたいに、いつもとてもなつかしく身近に感じてしまう。

ドイツに住んでいると、日本や日本人についてのニュースが毎日入ってくるわけではない。その代わり、テレビや新聞で日本が話題になると、僕達はすぐに友達からその内容についてもっと詳しくあれこれと質問されたりする。なんといっても、日本は僕の母親の国。僕のルーツの大きな部分を占めるから、いろんなことを知りたいと思う。

僕の学校では、十二年生のときに、どれか一つの教科でレポートを書くか試験を受けるか、一回だけ生徒が自分で選んでいいことになっている。僕は、歴史でレポートを書くことにした。テーマは、〈中世ドイツと鎌倉時代の比較〉と決めた。あちこちの図書館に行って、そのための資料を集め、集めた本をいっぱい読まなくてはならなかった。注釈を含めて全部で十五ページ以内で内容をまとめなければならなかったから、すごく大変だったけど、やりがいはあった。点数が辛いので有名な先生は、「僕は正直なところ日本の歴史にはあまり通じていないから、とても興味深かった」と、うなずきながらレポートを手渡してくれた。レポートにはすごく良い点がついていた。レポートを書くために何冊も本を読んだり考えたりしなくてはならなかったから、何人もの友達が「こんな思いをするんなら、試験を受けた方がずっとよかった」と言っていたけど、僕はレポートを書きあげる達成感が気持ちよかったから、やっぱりレポートがいいと思ったんだ。

なんといっても、それがきっかけで日本の歴史、特に奈良時代から鎌倉時代までの歴史がよく分かった。あのレポートがなかったら、あれだけ集中して日本の歴史を読んだかどうか分からない。特に面白いと思ったのは、仏教の影響と考えられる従順で穏やかな国民性があったため、日本の農民は年貢をとり立てられる苦しい生活でも、ドイツの農民とは違って、抵抗することが少なかったということだ。東洋の国と西洋の国が、時代を同じくして似たような状態にあったということ、でも、その後の時代の流れは、民族性によってだいぶ違っていったということが、とても面白いと思った。

もしかすると、日本に住んでいる日本人より、外国に住んでいる日本人や、日本に関わりあっている外国人の方が日本文化にこだわっているところがあるかもしれないね。おじいちゃんは、日本についていろいろ説明してくれたけど、質問によっては苦笑いしていたじゃない？　たとえば、「お地蔵さんはどうして赤いよだれかけをしているの？」と聞いたときなど……。日頃いつも目にしていると、それが当たり前だから、どうして？　なんて考えないものね。

従順な穏やかな国民性が日本の歴史を日本の歴史たるものにした、なんていうことも改めて考えないいんじゃないかな？

「自分達は何者なのか」なんていう考えは、多分ヨーロッパのように、国境の向こうには、地続きなのに違う国民が住んでいるというのでもなかったら、考えもしないかもしれないしね。ドイツは九つの外国に囲まれている。進む方向さえ変えれば九カ国に行けるんだ。それぞれ国民性も違うから、そういう状況にある方が、自国についての意識も強いかもしれない。他国に対する警戒心も強くなるかもしれない。

その点、島国で、警戒心なんて持たずに穏やかに暮らせる日本では、みんな優しくておっとりとしていられるんじゃないかな。

前に日本に向かう機内で、ドイツ人夫妻とおしゃべりをしたことがある。ドイツの成人学校で日本語を習ったから、実際に日本に触れてみたいということだった。偶然にも、三週間後の帰りの飛行機で、そのドイツ人夫妻とまた一緒になった。日本での休暇はどうだったか聞いてみた。

「僕達は地方の静けさが気に入って、主に地方の方を歩いてたんですよ、みんなそれは親切でしたね。一度なんて、道を聞いたら、おばあさんがうまく説明できないからって、一緒に付いてきてくれたんですよ。自分でも荷物があって、雨がザアザア降るっていうのに。すごく感激でした……」

その夫婦から出たのは、親切な日本人への誉め言葉ばかりだった。

おじいちゃんがずっと前に見た汽車の中での光景も、まさに日本ならではのものだと思うんだ。

おじいちゃんが汽車に乗っていたとき、金髪の若い青年が立っているのが見えた。そのうちに、一人のおじいさんが立ち上がって、その青年に席を譲ろうとした。多分おじいさんは、日本の国のお客さんに対して敬意を表したかったんだね。その外国人は首を振って辞退をした。それでも、「まあ、そう遠慮しないで、どうぞどうぞ」と勧めるおじいさんが煩わしくなったのか、怒った顔をして青年は、別な車両に移ってしまった。立ち上がったおじいさんは、真っ赤になって、元の席に座るにも座れないで下を向いていた。

その青年には、おじいさんのせっかくの思いやりを受け入れることよりも、多分、〈女や弱者に対してはいたわりを〉という自分の紳士としての態度を守ることのほうが大切だったんだね。だから、年取ったおじいさんが譲ってくれようとする席に座るなんて、とんでもないと思ったのかもしれない。考えようによっては、おじいさんが譲ってくれようとした席に座ることだって、おじいさんの気持ちを汲み取る、といういたわりなのに。

車両の端に座っていたおじいちゃんは、そのようすを見て、人ごとながらすごくがっかりしたんだってね。

「あのおじいさんといったら目も当てられないぐらい恥ずかしがっていたよ。格好付けて、と思われるかもしれないのに、そのガイジンの日本への印象を良くしようと、せっかく勇気を出して立ち上がったのになあ。かわいそうだったな。お互いに良かれと思っての行動なのに、文化が違って言葉が通じないと、こんなにも情けないことになったりするんだなあ」

今は日本国内でも外国人が増えているから、親切な日本人でもそこまではしないかもしれないけど、そのおじいさんの態度って、かなり日本人らしいって言えるんじゃないかな？

パパの体験にも、いかにも日本的だなという話がある。おじいちゃん、聞いたことあるかな？

パパは早稲田大学の日本語研究所で日本語を勉強していたことがある。当時、日本がアメリカとの安全保障条約に再調印するのに反対して、学生達がデモなどの活動を盛んにしていたんだってね。その真っ最中にパパは留学していた。大隈講堂ばかりじゃなくて、大学中の建物を占拠して、階段という階段全部に椅子や机を積みあげて通れなくしていた。

パパは、それを見ながら、あの穏やかな辛抱強い日本人のどこにこんなエネルギーと怒りが隠されていたんだろうと、不思議な思いでいっぱいだったんだって。

そして、もっと信じられないことが起こった。構内あちこちの建物をどんどん占拠している学生の怒鳴り声でいっぱいだったその日、パパ達留学生には試験があった。その留学生達の中にはデモの発端になったアメリカからの留学生もいた。でも、占拠活動をする学生達は、その試験中の教室にだけは入ってこなかった。安保反対はアメリカに向けての反感、もうアメリカには大きな顔をしてもらいたくない、という気持から起こっている運動だったにもかかわらず、だ。留学生達の試験のじゃまは、だれもしようとしなかった。そこは早稲田大学構内でただ一箇所の聖なる学びの場所のようだった。窓の外からは、がなり立てる演説のようなものが聞こえてきたけど、留学生達は、ゆっくりといつものように試験を続けることができた。そして、試験の時間が終わって、留学生達が外に出たとたん、ヘルメット姿の学生達がドカドカと教室になだれ込み、唯一通ることのできた階段口を、運び出した椅子や机を積み上げて、通行不可能にした。

占拠活動をしていた学生達の留学生に対する態度は、日本人の根底にある礼儀正しさや優しさをよく表わしている、と僕はその話を聞いたとき思った。

九　似ている日本人とドイツ人

今では日本にも外国人がいっぱいいるから、言葉が通じないということで残念な思いをした経験は、きっとたくさんの人が持っているかもしれないね。おじいちゃんだって、その経験があるじゃない。

ママの結婚式のためドイツに来たおじいちゃんは、パパの知り合いのゴーツさんの家に泊まった。ゴーツさんは日本に帰るおじいちゃんに小さなスイスのアーミィナイフをお土産に手渡しながら、言ったんだってね。

「ドイツに来たら、また必ず寄ってくださいよ。あなたは私の友達なんだから」

二回目、三回目のときはちゃんと寄って、お茶とドイツのケーキをご馳走になって楽しんでいた。それなのに、四回目には、おじいちゃんは「言葉が思うように通じないから苦痛なんだ」と、訪問しないまま帰国してしまった。以前はブロークンイングリシュでもしゃべろうとしていたのに、あの頃は少し悲観的になってきていたのかな？

言葉が思うように通じなくても気持ちが通じるということはあるし、そのことのほうがずっと意味があることだ、と僕は思う。それを確認するだけでも、会う意義は大いにあったのに。ゴーツさんとおじいちゃんは同じ歳で、第二次世界大戦をそれぞれ体験した。前にお茶を飲んだときは、戦争中にいた場所や怪我のことなどを、体験者同士で話していたじゃない。それはママの通訳入りだったけど、同年代の外国人との交流を楽しんでいたようにみえた。平和で豊かな社会になってからの戦争体験者としての気持ちだって、似たようなものだったし、二人とも考えが進歩的だったから、ゴーツさんとおじいちゃんは友達みたいに通じ合うところがあったのに。おじいちゃんがゴーツさんに会わないで日本に戻ってしまったのを知って、ゴーツさんはとても残念がっていたんだよ、おじいちゃん。言葉なんてどうでもよかったのに。心なんだから、肝心なのは。おじいちゃんのドイツ訪問はあれが最後になった、と後ではっきりしたとき、ママはあの時、ゴーツさんに会うことをもっと強く勧めなかったことをつくづく後悔した。そして、口癖が出た。

「後悔しないように生きるって、むずかしいわねー」

ドイツ人は一見とっつきにくいかもしれないけど、一度友達になればすごく誠実だ。「まじめさ、勤勉さという点では、ドイツ人は世界の中でも日本の国民性とよく似ている」と昔から言われているそうだね。「日本はアジアのプロイセン（旧北東ドイツ）。きちんとしていて義務感が強い国民だ」おじいちゃんの世代のドイツ人から、よくそんな言葉を耳にすることがある。

ドイツ人は日本人と同じように、まじめによく働いたから、敗戦後また世界の先進国になった。資本主義が猛威を振るう今では、お金をもうけるために、あちこちで競争がすごい。お金にならなくて〈余分〉と見なされる仕事や社員はどんどんカットされる。だからドイツでも、知り合いのおじさんがぼやいたような言葉が聞こえてくることになる。

「このごろは、なんでもお金中心だから、人間は二の次三の次。少し前には、ドイツにだって、自分の会社のためなら一ヶ月ぐらいお金をもらわなくても働くっていうぐらいの人はいくらでもいた。それは、日本人だけの徳じゃないんだよ。忠誠心っていうのは日本人だけのものじゃないんだ。だけど、この頃じゃ、アメリカの金権主義の影響で、十年も二十年も会社のために一所懸命働いてきた人をポイッと路上に捨てるんだから、やりきれない。もう、世の中は絶対いいようには動いていないね。お金は往々にして人間をだめにするし、結局、人間はお金の奴隷になって破滅するんだよ」

僕は、この言葉がたった一人の個人的なものか、それともドイツ人の多くが本当にそう考えるのか、ゴーツさんに聞いてみた。反応は同じだった。

「もちろんだよ。そりゃあ、ドイツ人にだって、自分の会社のためなら、少しばかりの犠牲はっていう気持ちはあるさ。問題は今の会社側の考え方だよ」

おじいちゃんだって、あの〈忠誠心〉なんていう言葉を聞いたら、へーっ、ドイツ人も日本人と同じような考え方をするのか、と感心したかもしれないね。日本では、西洋人といえば、アメリカ人もヨーロッパ人も同じようなものだと考えている人、結構多いものね。

アメリカは、パパとママが知り合った国だし、パパが十一年もいた国だから、機会があるとよく僕達の食卓の話題になる。アメリカは、いろんな国のいろいろな状況の人を受け入れる大きな懐がある特別な国かもしれない。でも、自由と資本主義が最大のモットーだから、競争に勝てない人達や競争に加われない人達も多いとなると、どうしても貧富の差が大きくなる。経済的に豊かな人には快適かもしれないけど、社会的弱者はどんな気持ちで暮らしているんだろう。アメリカは国力、軍力ともに世界を制するという感がある。日本とは国の状態がまるで違うのに、アメリカの影響が日本にはどんどん浸透しつつあるようにみえる。日本はアメリカと政治的につながっているせいかもしれないけど、だからといって、批判精神なしで片っ端から影響を受けていっていいのかな？　今ではドイツにもアメリカの影響が、いたるところに見られる。でも、ドイツ人はそれを手放しで喜んではいない。どうしたらドイツらしさを保っていけるか、お茶飲みしながらしゃべったりするんだ。

僕にドイツと日本の二つの血が流れているから、そう思うのかもしれないけど、ドイツは、日本と似たような歴史や社会状況や運命を抱えているんだし、もう少し日本人の関心を引いてもいいと思うんだ。でも、どうも日本人にとって、ドイツはソーセージとビールの国でしかないみたいだね。実際には、ソーセージは食べない、ビールも飲まないというドイツ人もかなり多いんだけどね。

ドイツ人が戦後一所懸命になったのは、経済復興と平行して、戦中にヒットラー政権下で犯した途方もない規模のユダヤ人虐殺の罪を償うことだった。なんでも熱心にやるドイツ人は、第二次世界大戦の前には、国の経済的破綻と空前の失業率を救うというヒットラーのカリスマ的行動力に惑わされて、間違った道をがむしゃらに走ってしまった。その勢いぶりは、おじいちゃんも、当時日本に来たヒットラーユーゲント（注）のようすや、日本の上空を悠々と飛んでいった飛行船ツェッペリン（注）を見てよく覚えている、と言っていたね。

ドイツでは、戦後明らかになった戦争中に犯した呆然とするような自らの罪を問いただし続け、自国を非難し続けてきた。戦後六十年経つ今でも、テレビ、新聞、出版物を通して、過去を語り続けている。もうすぐ生き証人がいなくなってしまうからと、そのことに関する記事は、増えることはあっても減ることはないような印象さえある。

それと平行して、社会福祉や環境保護にもずっと熱心に力を入れてきたから、環境保護問題では、もう環境先進国といわれるぐらいに、いろんなシステムが発達している。だけど高齢化や少子化が進む今では、社会福祉の経済的やりくりは、ドイツでもなかなかむずかしい。

それでも何かをやるとなると、まじめに一所懸命なのは日本と違わない。その特長的な姿勢と態度で、何をどう進めていくか、大切なのはそのことだと思うんだ。

〈注釈〉

ヒットラーユーゲント（若者をファシズム体制に順応させ、奉仕させるために組織されたナチスドイツの青少年団一九二六年～一九四四年）

飛行船ツェッペリン（一九二九年発明者の名を掲げたツェッペリン伯号は初の世界一周飛行を果たした。水素やヘリウムなど空気より軽い気体を気密性の高い袋に詰め、その浮力で浮揚する軽航空機）

十　日本人の和

僕は久しぶりで日本に到着したというのに、こんなにも重い気持ちで高速バスに揺られている自分に、現実感が持てなかった。日本語の宣伝の看板が、窓の外に目をやる僕の視界に入っては消えていった。にぎやかな色どりの看板を見るともなしにぼんやりと目で追っているうちに、黒い袈裟がよく似合ったドイツ人のお坊さんのことが、頭に浮かんだ。

ドイツのデュッセルドルフという街には日本の会社がたくさんあって、日本人が七千人も住んでいる。そこにあるお寺で、ドイツ人のお坊さんから、仏教についてのお話を聞く機会があった。僕はちょうど例の日本とドイツの歴史の比較についてのレポートを書いたばかりの頃だったから、興味を持って行ってみた。あの晩は、四、五十人のドイツ人が、仏教の講義に熱心に耳を傾けていた。ドイツ人向けに分かりやすくしてくれた説明の中には、印象深い言葉がいくつかあった。

お坊さんのお話を聞きながら、日本人のあの優しさは、仏教の影響もあるんじゃないかと気が付いた。もしかすると仏教の〈無我〉ということからきているんじゃないかって。〈無我〉の境地というのは、自分を意識しないということ。どの宗教も、その宗教を信じる場合、できるだけその真髄を実践しようとするね。仏教を大切にする日本人はそれで〈我(自分)〉を意識する前に、他の人のことを思いやれるのかもしれない、僕にはそんな気がした。もちろん日本人はいつも仏教のことを意識しているわけではないと思うけど、キリスト教が西洋社会の背景として切り離せないように、仏教も、日本社会の背景として切り離せない。だから多分、日本社会には代々、他の人をまず先に思いやるという姿勢が、無意識のうちに浸透しているんじゃないかと思いついた。

僕がレポートを書いたとき、日本の農民はドイツの農民と違って、穏やかで従順だったから、支配側に対する抵抗もあまりしなかったのではないかと思った。優しさ、穏やかさ、従順さは日本人の特徴中の特徴だね。日本はそれで、摩擦が少なくて住み心地が良い国、旅をする外国人にも快い印象を与える国になっているのかもしれないね。

でも、日本の文化習慣の多くが仏教に基づいていて、その根本思想の一つが〈無我〉だとしたら、国際化に合わせての〈個〉を大切にする教育は、日本の文化の中でどうなじむんだろう? 僕は考え込んでしまった。

日本社会の特徴が〈和〉だということは、外国でもよく知られている。ドイツの街角でも、日本人のグループが和気あいあいとして歩いてるのを見かけることがある。仲よく穏やかに話し合いながら歩いたりしているのを見ると、いつもとてもなつかしくなる。

仏教の説明を聞きながら、そんな日本人のようすを思い出して、そうか、〈無我〉という影響が無意識のうちにあるから、いつもみんな和やかにしていられるのかもしれない、と思いついたんだ。反面、その〈和〉を保つために、お互いに気を使って、あまり自分（我）つまり〈個〉を出さないように意識しているところがあるかもしれない。逆にだれか一人が我〈個〉を出しすぎると、どうしても〈和〉が乱れそうになって周りの人達は不愉快を感じことになるかもしれない。〈和〉と〈個〉のつり合いがうまく取れるようにするためにはどうしたらいいんだろう。〈和〉を重んじる日本はどうなるんだろう。

ドイツではどうだろう。僕は、自分の意見を持っている、友達もそれぞれに違う意見や考えをもっている。それでも僕達は仲がいい。一緒にワイワイやっているのがすごく楽しいし、リラックスしながらもどんどん議論をする。考えてみれば、ドイツの僕達がワイワイにぎやかに議論し合ったりしている中にも、〈和〉というのは感じられる。一人ひとりが異なった存在だということを認めた上での、友達同士との〈和〉。ドイツにも、そういう仲間付き合いはある。週末になると大人は夕食会で、若者は仲間と一緒になっては、食べながら会話や議論を楽しんでいる。あの雰囲気の中にも〈和〉はあると思う。それぞれ体験談や意見の交換で、夜中過ぎまで話は尽きない。あれはドイツ人なりに〈和〉を楽しんでいる情景だ、と僕は思うんだ。

僕は自分が投げかけた質問に、答えを見つけて嬉しくなった。日本でも、国際化に合わせて〈個〉を尊重するようにしながら、いままでどおり〈和〉を保つということはできる。それには、「人間はそれぞれに違って当たり前」という考えにとことん慣れればいいだけだと思うんだ。

以前食事時にそんなことをしゃべっていたら、ボボが面白いことを言った。

「ドイツでは、意見が合わなくて言い争いになると、しまいにはいろんな言葉で喧嘩するでしょう。まあそれは主に男の子だけど、そのための罵りの言葉だっていっぱいあるしね。でも、日本の小学校に行っていたとき、クラスの子達がお互いに意見が合わなかったりすると、突然、強くじゃないけどポカポカッて殴り始めたの。ドイツじゃあんなにすぐに手を出さないけどね。それは多分、自分の考えを言い合うのに慣れていなくて、それで口が間に合わないから手が出たんじゃないかって思うんだけど。罵りの言葉が日本語にはあまりないから、言葉だけじゃ怒りの表現が間に合わない、っていうことなのかなぁ。でも、手を出せない子は、むすっとして、黙ってしまって、口論にならないうちにコミュニケーションを遮断してしまうみたいだし。ポカッか、ムスッか、どっちか。あの頃は別に考えもしなかったけど、今になって考えてみると、どうも極端なんじゃないかって思うのよ」

そうかもしれない。日本ではみんなが平穏に暮らせるように、喧嘩や意見の対立のもとになる議論はできるだけ避けているように、僕にはみえる。〈雨降って地固まる〉ということわざもあるぐらいだし、議論も喧嘩も一概に悪いとも言えないんじゃないかな。人間関係に役に立つときだってある。

自分の意見を持つためには、そのテーマについて、ちゃんと読んだり考えたりしなくちゃならない。実際に人と話し合うことで、初めて自分の考えが本当に分かってくることだってあるしね。考え方も感じ方も違う人間が、それぞれ別な意見を持つのは当然だから、意見が違うからといって、わだかまりは持たなくていいんだ。

ドイツでの僕達は早くから学校で、自分の意見を自分の言葉で表現する訓練を受けている。たとえば、学校の試験。九年生（中学三年生）ぐらいから、一科目の試験の時間は一時間じゃなくて、三時間や四時間ぐらいかける。五時間のときだってある。国語の試験があるときは、国語の先生は他の教科の先生達と話し合って、朝の授業の一時間目から四時間目まで国語の試験に当てられるようにする。四時間もなにを書くのかって？

たとえば地学だったら試験の質問は次のようなものだ。「乾燥地の地形変化について　スーダンのアルファシアの場合　地図、添付資料を見ながら土地利用や開発について説明せよ。開発の際にはその問題点を指摘せよ」

国語の場合の一例「次の詩を解説し、十七世紀（バロック文学）の詩であることがどの点で分かるか説明しなさい」「次のテキストをまとめなさい。あなたは著者の批評を妥当だと思いますか。バロック時代の文学と後々の詩作上の意図とを比較し、その相違点を述べなさい」

地理の試験は、たとえば、ある国の統計的数字だけが延々と並んでいて、それを分析してどこの国か当てろ、などというのもある。

英語の試験でも、長文を読んでそれについて自分が考えることを書く。英語の文法や語《ご》彙《い》やその他必要なことが分かっているかどうかは、生徒の書く文章から、先生達は判断するというわけ。

四時間が終わっても、まだ夢中で書いている子がいっぱいいる。質問を読んだら、まずは自分の考えを頭の中でまとめなくちゃならない。いきなり書き始めるわけにはいかないんだ。なぜって、手にしているのは鉛筆じゃなくて万年筆だから。まず考えてから書き始めないと、書き直しを繰り返したら回答用紙が見るも無残になって、それだけで点数が落ちるしね。じっくりと考えて、じっくりと筋を通して書いていく。そんなふうにして大きくなるから、大人になったときにはしっかりと自分の意見を言い表せるようになるんだ。

だから、街頭インタビューで、新しい政策についてどう思うかと、突然マイクを向けられても、老いも若きもどんどん意見を言っている。サッカーの試合のすぐ後、マイクを向けられた選手達も、ハァ、ハァ、とまだ荒い息をしながら、試合中のいろいろな場面で、自分がなぜそのように動いたのかをいろいろと説明する。そんなようすをテレビで目にするたびに、ママは飽きもしないでいつも感心している。

「よくあんなに自分の意見があるわね」

あれは、みんな教育の賜物なんだ。

僕は、そんなふうに意見を持つための教育を受けているから、日本のテレビで、偶然にそれと反対の日本的な現象を見てすごく驚いたことがある。

ある県で、環境破壊になるだけでそれほどの必要性がないらしいという工事中のダムをめぐって、二人の候補者が国会議員選挙を競っていた。一人の候補者は、ダム建設を中止させるという公約をしていた。もう一人の候補者は、ダム建設を続けるとはっきり言うと当選が心配だと考えて、選挙が近づくと、ダム建設については一切口にしなくなったという。ダムが当落を決めるといわれていたその選挙結果は、県全体としてはダム建設反対の人がすごく多かったにもかかわらず、ダム建設推進の現役議員が当選した。開票のあと街に出たレポーターが、人々にインタビューしていた。

「私もダムは反対ですよ。でもね、ま、ダム建設推進のあの候補者に入れました。なぜって？　あの人の政党は、やっぱりみんな支持しているからねー」

にこにこしながらそう答えたおばさんの言葉を、おじいちゃんだったら、僕にどう説明してくれていたんだろう。

日本では、温和にやるために、問題があっても、あいまいにして事を荒立てないようにして、変化を避けようとすることがよくあるみたいだね。

「そういうときのために〈長いものには巻かれろ〉っていうことわざがあるんだよ」

おじいちゃんは、僕にそう言ったことがあるね。まあ、そのためには、自分の意見をあまりはっきり意識しない方が楽かもしれない。

意見を持とうとすると、考えることに筋が通らないとだめだけど、意見として意識しなければ、いろんな考えが自分の中であれこれ矛盾していてもそれほど気にならない。考えと行動の基になることが一致しなくても、別にどうということもない。でも、自分の意見として意識して考えはじめると、それぞれに哲学ができてくる。どんな人にも、それなりに生きる哲学ができてくる。生きる哲学を持つということは、生きるときに力になる、と僕は思うんだ。

自分に意見があるように、他の人にも意見がある。言葉で対立しても、単にそれだけのことで、人間同士が対立するわけじゃないんだ。だれもが後腐れなしにそれぞれの考えを遠慮しないでオープンに言えるような雰囲気が必要だと思う。

そう言ってやきもきする僕に、おじいちゃん、言ったことあったね。

「日本にも一応〈十人十色〉っていうことわざはあるんだがな。まあ、対立するのを好まないっていう国民性があるから、やっぱり〈沈黙は金、雄弁は銀〉っていう方が日本人には合っているんじゃないかな」

　もちろん、場合によっては、黙っていられることも貴重なことかもしれない。でも、意見を言う必要があるときに、言うことができるということも、これからはきっと大切だと思うんだ。だって、世界中の人が、自分の意見をガンガン言っているじゃない。だから、日本人だって、必要なときは言えるようにしておかなかったら、日本人は、何も言えないと思われてしまうんだ。それは、残念じゃない？


　前に友達の家に行ったら、友達のお父さんが僕に話しかけてきた。

「この間、仕事で日本からお客さんが五人来たから、我が家に招待したんだけどね、この三人掛けのソファに五人で座ろうとするから、こちらにもどうぞって、一人掛けの肘掛け椅子二つの方もすすめたんだけど、どうしてもだれも立とうとしないで、五人で三人掛けの方にぎゅうぎゅう座っていたんだよ。君はこれをどう思う？」

　僕は、僕なりに日本人のお客さんのことを想像して説明した。

「多分、一人だけが立ち上がったら、その人だけ目立ってしまうから、そう思ったら、だれも立ち上がる勇気がなかったのかもしれません」

家でそのソファぎゅうぎゅうの話をしたら、ママが言った。

「まあ、その日本人のお客さん達はただ遠慮していただけじゃないの」

「でも、その遠慮ということだって、控え目にして目立たないよう気をつけるということからくるマナーなんでしょう？　もちろん、遠慮深いってことには好感が持てるよ。だけど、控え目に控え目にっていうのは、日本人が、目立つっていうことをよくないと見るから、マナーにまでなるんじゃない？」

僕がそう食いつくと、ママが笑いながら言った。

「まあ、そう言ったらきりがないけどね。今はどうか分からないけど、私が学校に行っていた頃は、一人だけ人と違う意見を言ったり、目立ったりすると、居心地がよくなくなるから、できるだけみんなと同じようにしようと心掛けてはいたわね」

ソファぎゅうぎゅうの話で思い出したことがある。日本に引っ越したばかりの僕達が電車に乗ったとき。向かい側に女の人達が四、五人偶然にも同じ模様のバッグをひざの上にのせて座っていた。なんでも小さいことに気が付くボボが言った。

「ママ、お姉さん達みんな同じ模様のバッグ持っているね」

ママがあわてて言った。

「しーっ、あれは、有名なデザイナーのすごく高いバッグなのよ」

「ママ、でもあれ、あんまりきれいな模様じゃないじゃない」

バッグで遊ぶのが好きなボボがこだわってバッグについてしゃべるから、ママはあせって、短く答えた。

「多分あの模様しかなかったんでしょう」


日本に行くと、僕もときどきそんな光景に出くわす。同じデザイナー物を持っている人達もいれば、すごく奇抜な格好をした若者もいる。人と同じようにして安心する気持ちと、自分の思うようにしたいという気持ち。同じ車両の席に隣合っている彼らのようすを見ると、僕は日本の若者の内心が見えてくるような気がする。

日本の学校では、大体どこにでも制服があるから、それで、人と同じような物を着て落ち着くという気分が身に付いたのかもしれないね。反面、自由になると急に、自分という意識が芽生えて、いろいろと目立つ格好をしてみたくなるのかもしれない。男子にだって洋服にすごいエネルギーを使っている子もいる。

でも、あの若者達に聞きたい。「服装などの表面的なことより肝心なこと、考えているの？」ってね。ドイツの学校ではもともと制服はないから、ジーンズやただのズボンにトレーナーやセーター、と生徒達はかなり似たような格好をしている。そのかわり個人の意見となると、驚くほどさまざまだ。

でも、街でみかける若者のようすに、僕は、日本が確実に変わりつつあるというのを感じる。身に着けるものだけでも、人と違いたい、自分は自分でいたいという強い欲求がきっとあるんじゃないかな。それは、自我の意識が強くなっている表れで、〈個〉が定着する一過程なのかもしれない。

そんなことをあれこれと話したとき、おじいちゃん、腕を組んでうなずきながら言ったね。

「まあそれにしても、ドイツ人の孫はいろんな意見を持っているものだ。トミーが考えるとおりかもしれないね。まあ、時間はかかるけど、大丈夫だよ。日本にだってちゃんと、トミーが考えるようなことを表す言葉があるんだよ。〈和して同ぜず〉っていうんだ。ほら、あそこ」

そう言って指差したのは壁にかかった一枚の日本画だった。白い大きいカブの横に小さい赤カブが二つ並んでいて、右肩に漢字が並んでいた。

〈和而不同〉

十一　変わっていく日本

ふと窓の外を見ると、バスは高速道路を下りて、国道を走っていた。なつかしい日本のいろんな光景が、次から次へと目に飛び込んできた。

なかでも、あっと思ったのは、中年のおじさんと、その母親らしいおばあさんが歩いているようすだった。歩道をさっさと歩いていくおじさんの三メートルぐらい後ろを、おばあさんが歩行補助用の手押し車を押して一所懸命歩いていた。おばあさんは追いつくように必死に速く歩こうとしているけど、腰が曲がっていて、どうもその割には前に進まない。おじさんは、うしろを振り向いておばあさんになにやら言っていた。

あのおじさんの顔つきは、ドイツで日本を思い出すときに目に浮かぶ、日本人のあの優しい顔つきではなかった。どう見ても、年を取っている母親を連れて歩かなくちゃならないのが面倒くさいとでもいうようなようすだった。僕の乗っているバスは停留所で止まって、二人の乗客を降ろしてまた出発した。おばあさんのことが気になって振り向いてみた僕には、そのおじさんとおばあさんが相変わらず同じ間隔で歩いているのが、チラッと目に入っただけだった。

日本には、〈親孝行〉という言葉があるようだけど、あのおじさんのようすはその言葉からはほど遠いものだった。その言葉は儒教から来ているらしいけど、今の日本では、だんだんにそんな文化習慣も薄らいで、〈親孝行〉ということを取り沙汰することは少なくなっているのかもしれないね。昔だったら、助けが必要になった親のことは、最期まで子供がしっかりと面倒を見ることになっていた。今では、子供には子供の人生があるということで、親は老人ホームに入って、できるだけ子供の世話にはならないようにする。親が割り切っていればいいけど、昔のように子供に看てもらいたい、と思っている親は辛いところだね。

ドイツでも、老人ホームなどがなかった頃は、家族の面倒は家族が見るのが普通だった。老人ホームが高すぎて払えないというようなこともあるから、今だって家族で看ている人は、いっぱいいる。

たとえば、ママの知り合いがさらっと言ったことがある。

「ちょうど一番下の子がオムツをしている赤ちゃんだったから、義母のオムツもついでに替えたのよ。まあ、その期間は一年半ぐらいだったから、結構あっという間に過ぎたわ」
ドイツでは、大人になれば人生はその当人の責任だという基本的な考え方がある。だから子供が親を看ないとしても、そのことへの失望は、日本に比べるとそれ程じゃないかもしれない。

日本では、いろんなことが過渡期だから、おじいちゃん達の世代の人達は本当に大変だね。おじいちゃんが若い頃は、親の面倒を見るのは当然だったんでしょう？　おじいちゃんは、親の面倒見のために自分の人生計画を合わせたぐらいだものね。もちろん今だってそういう人もいるだろう。でも傾向としては、親が年を取って自分達だけで暮らしていけなくなったら、老人ホームに引っ越すのが普通、というほどにまで変わってきているみたいだしね。

「昔、老人ホームに入るのは、身寄りがない人とか、家族にどうしても看られない事情があるとかいう特別な場合だけでね、それがいかにも哀れな感じだった。そういう偏見があるから、おじいちゃん達には、よけい老人ホームっていうことに抵抗があるんだよ」
おじいちゃんのそのつぶやき、僕はまだ覚えている。

おじいちゃん達の長い人生の間には、僕達には想像できないぐらいの大きな意識や習慣の変化があった。だから、あれもこれもすんなり受け入れろと言われても、なかなか納得できないというのは、なんだか分かるような気がする。いろいろ複雑な想いだろうね、情けなくて、悔しくて、悲しい、そして、寂しい、ね。

考えれば考えるほど、日本はこれから大変だと思う。日本を日本らしくしていた伝統的な文化習慣と、国際化に合わせて日本が取り入れなくてはならないやり方が、必ずしも相容れないように、僕にはみえるから。

西洋社会であるドイツにだって「社会が豊かになればなるほど個人主義が進む。そしてそれが極端になってくると利己主義になってしまう」という声がある。社会制度が整って、税金を払ってなんでも国にやってもらうようになると、自分達がすることは自分個人の利益と楽しみの追求になってしまいやすいというわけなんだ。ドイツでも、その辺の社会の発展の仕方が、議論の的になるぐらいなんだよ、今ではね。

個人主義なんていう言葉がただの外来語で、日本社会にはあまり関係なかった時代を、おじいちゃんの世代の人達は知っている。それなのに今は、実生活で個人主義の影響が感じられたりするから、おじいちゃん達はそんな世の中の動きに慣れるのがとても大変なんだと思う。「時代が変わってきているから仕方がない」と自分達に言い聞かせながらも、若い人の考え方や行動についていけないで、失望したり寂しく感じたりしているのかもしれないね。

それでも僕は日本に来る度に、人間の威厳や賢さが刻み込まれたような日本の老人の顔に、なぜかとても心が癒される気分になる。おじいちゃんの顔もそうだった。

パーキンソン症による障害が出てきても、おじいちゃんはまるで人ごとのように自分の変化を冷静に見ていた。目も不自由だというのに、できるだけだれにも迷惑をかけないように、なんでも自分でやろうとしたから、傍目には痛々しいほどだった。おじいちゃんのいつも落ち着いた穏やかさは、僕達ドイツの家族のいいお手本だった。

日本の老人は、どうしてあのように穏やかな悟ったような顔つきになるんだろう？　一所懸命義務を果たすために暮らして、歳を重ねてそれを成し遂げたことへの満足感からくるのかな？　おじいちゃんに、聞いておけばよかった。「もう遅すぎる」今つくづく思う。もっといろいろ聞いておけばよかった。

十二　「おじいちゃん、トミーだよ」

日本のビルや家並みが窓の外を流れていくのをぼんやり見ていた。おじいちゃん相手に、日本とドイツを比べながらとりとめもないおしゃべりをすることは、多分もう二度とできない。その現実にがく然として、深い溜息が出た。ボーッと考えごとをしている僕に合図をするように、ナナが僕の膝を叩いた。僕達が降りるバス停が近づいていた。

バスを降りると、新潟から駆けつけて来ていた伯父さんと伯母さんが、僕達を待っていてくれた。伯父さん達の顔を見て、また大きな溜息が出た。「間に合った！」一瞬、それまでの緊張感がスーッと引いていった。だけど、またすぐ入れ換えに、これからどうなるんだろうという新しい緊張感が襲ってきて、ブルブルッと身体が震えたような気がした。

やっと、病院に着いた。いつ、どの瞬間におじいちゃんが死んでしまうか分からない、と思ったとたん、僕はみんなと一緒にエレベーターを待っていられなくて、階段を駆け上がった。

「おじいちゃん！　トミーだよ！　分かる？　トミーがドイツから来たからね！　ナナも一緒に来たし、明日、ボボも着くからね！」

肩をそおっとゆすりながら言ったら、おじいちゃんは、うっすらと目を開けて、ジーッと見つめないと気がつかないぐらいほんのちょっとだったけど、うなずいてくれた。

夕方になると、「今のところ容態は安定してきました」というお医者さんの診断があった。ママが付き添いに残り、僕達は、ひとまずトランクを持っておじいちゃんの家に行くことになった。

一年半前の夏休みには、おじいちゃんはいつものようにゆり椅子に座って、孫の僕が慣れない手つきで家事の手伝いをするのを眺めていた。手伝いが目的で日本に行った僕に「わざわざドイツから来てくれたのに、なにもしてやれなくて、悪いなー」と言いながらも、毎日僕が雑用のためにあちこち動いているのを見ては、うれしそうだった。あのときはすごい暑さの真夏だったから、僕は毎日シャワーだけだった。

でも、今度はシャワーじゃなくて、お風呂に入った。ずっと緊張しっぱなしだったから、お風呂の温かいお湯が恋しかった。おじいちゃんのいないおじいちゃんの家のお風呂に入って、不思議な気持ちでそれまでの三十時間のことを振り返った。まさか、僕がこんな映画の中のような心の動揺を体験するとは思わなかった。あまりにも現実離れしている自分の状態を、どうとらえていいのか分からないような気分だった。そして、ずっと目が冴えて全然眠くなかったはずなのに、布団に横になったとたん、僕は寝入ってしまった。ナナが僕になにか聞いているみたいだったし、僕のことを気にして伯母さんがしきりになにか話し掛けてきたようだったけど、その意味を理解する前に、睡魔が僕の意識をさらっていった。

あの次の日からおじいちゃんのベッド際で過ごした十二日間は、不思議な〈とき〉だった。

次の日のお昼過ぎには、ボボもドイツから着いた。おじいちゃんには、僕達三人が揃うまでどうしても待っていて欲しかったから、ボボの顔を見たときは本当にホッとした。人間なんて、あんなに一大事のときでも、そんなどうでもいい形式的なことを考えるんだね。おじいちゃんのところに着いて一日経って、そんな現実的なことを考えられるようになっている自分に、びっくりしたぐらいだった。

おじいちゃんのベッドの頭のところには、心拍数や血圧の状態を示すモニターがあって、僕達は酸素マスクを付けたおじいちゃんの顔とモニターを交互に見ながら、ただ座っていた。みんなで普通におしゃべりして、おじいちゃんの茶の間にいるときみたいに過ごした方がおじいちゃんも喜ぶかと思って、おしゃべりしてみたけど、それだっていつものようにはうまくいかなかった。「しかし、にぎやかだなー」といつもだったらにこにこしてくれるはずのおじいちゃんが、ただ力なく横になって寝ているだけだったから。

ひょっとしたら、僕達の目の前で最期の息をして、黙ったままのお別れがやってくるのかもしれない、という切羽詰まった気分が僕達にはあった。おじいちゃんの状態が悪いながらも、落ち着いているということはどういうことなのか。「今は安定しています」、という言葉が、どのぐらい確実なものなのかも分からなかった。分かっていたのは、そういうことは神様にしか分からないんじゃないかということ、それだけだった。だから、僕達のしたいこと、できることは、おじいちゃんのそばにいて、喜んでもらうことだけだった。

「せっかく兄弟三人揃って日本にいるんだから、その辺を散歩して、日本の空気を吸っていらっしゃい」

病室で黙って座っているだけの僕達に、ママがそう言った。その言葉はあまりにも日常的すぎた。「せっかく日本にいる」なんていう気分はまるでなかった。それどころじゃない、おじいちゃんがＳＯＳなんだから。

おじいちゃんは八一歳。パーキンソン症と言われてから六年が経っていた。だんだんいろいろと不自由になってきていたから、いつかそういう日が来るかもしれないというのは頭では分かっていた。でもベッドのそばでおじいちゃんを見ていたとき、心ではまだ全然分かっていなかったことに気が付いた。だから、おじいちゃんは、そんな僕達がお別れする心の準備をできるように、あの二週間を頑張ってくれたんだね。

僕達は、毎日ただベッド際に座って、千羽鶴を折ったり、おじいちゃんの顔を見ながら、それぞれに黙り込んで過ごした。週末にいとこ達が来たときも、いつもだったらワイワイ楽しく盛り上がるのに、あのときは、みんなで黙って鶴を折ってばかりいた。

病院とおじいちゃんの家の間を電車で往復して過ごしたあの日々、僕達の〈とき〉というものが、不思議な速さと、不思議な遅さで過ぎていった。

十三　一所懸命の日本人

日本とドイツ。二つの国を往復するたびに、僕にはその国の人々の顔がよく見える。おじいちゃんのいる病院から家に帰るために乗った電車で見かけたサラリーマン。あくびを一分おきにしてとても疲れた顔だった。僕はいまだかつてあんなに疲れ果てたようすの中年男性を、日本以外で見たことがない。電車の中で眠り込んで、止まったとたんにパッと飛び起きて、あわてて下車していった中学生。電車の中で夕食らしいお弁当を食べていた小学生。朝、電車のつり革につかまって立ったまま眠っていた高校生。

そんな姿を見かけるたびに、僕は生意気にも、心の中でその人達に聞いてしまう。

「ね、それでいいの？」

日本に来るたびに、僕は街で見かけたことや人々の印象をおじいちゃんに話したものだった。そんなドイツ人の孫の日本人観を聞いては、日本人社会をまるで一人で背負っているかのような気分になっていたおじいちゃん。母国民のために、自分ではなにもできないのがもどかしいかのように言ったものだね。「トミーに、そう言われてもなー。国民性っていうこともあるんだし。おじいちゃん達は、これでも結構満足しているんだから、そう言ってくれるなよ」

あのおじいちゃんの声、今でも聞こえてくるよ。

「おじいちゃん、日本人は義務感がすごく強いんだね。みんな一所懸命に自分のすべきことをしているようすを見ると、すごく辛抱強いなーって思うんだ。あんなに一所懸命で疲れないのかな？」

僕が感心して言うと、おじいちゃんは答えた。

「日本にはね、〈働かざるもの食うべからず〉ということわざがあるんだよ。勤勉、ということは日本人の〈美徳〉なんだ。熱心に働くことは、大体の日本人にとっては喜びでもあるんだ」

おじいちゃんの言うように喜びを感じて、満足してやっているうちはいいんだよね。満足して楽しかったら、どんなに忙しくても張り切り続けられる。でも、自分の気持ちや欲求をないがしろにし続けて、それが負担になってくるとストレスになってしまうと思うんだ。

そのストレス解消の一つが、お酒を飲むことなのかな？

病院から帰るとき、お酒を飲んで酔っ払っているおじさんや、電車の中でお酒を飲んでいるおじさんを見かけた。身体が疲れたから、疲れを取るのに早々と電車の中で飲む人もいるんだろうし、会社であった面白くないことを忘れるために、もうどこかで飲んできて酔っ払っているのかもしれない。どっちにしても、ドイツでは見かけない光景だから、僕にはすごく印象が強かった。

そんなふうにお酒や他のことでストレスを発散させてしまう人もいるけど、そうできない人もいるようだね。

日本に住んでいたとき、保険会社の人が集金に来た。その人は書類をかばんにしまいながらママに言った。

「奥さん、いいですね。外国人と暮していたら、日本の習慣には縛られないんでしょうねー。僕は、多分日本社会に合わないのかもしれません。仕事の後、みんなと飲みに行くのが苦痛なんですよ。でも、行かなかったら、あいつは付き合いの悪い奴だっていうことになりますからね、仕方がないから、行くでしょ、そうするともう、帰りが遅くなって、帰ったら風呂に入って寝るだけですからね。また次の日も同じことだし。ときどきつくづく空しくなるんですよ。でも、だからって、僕なんて、どうやって人生変えたらいいんですか。外国に引越すなんていうこともできないし。少しでいいから、自分の思うままに暮してみたいだけなんですけどね。酒はうまいとも思わないけど、まあ、飲んでいる間は、こんなことも考えないし」

まだ若い会社員はていねいにお辞儀をして出て行った。かばんを重たそうに抱えてうつ向き加減に歩く後姿が忘れられない、とママが話してくれた。

おじいちゃんの病室の窓からも、一心に仕事に精を出す日本人の姿を見た。ビル建設のため道路の片側が通れなくなっていたので、ヘルメットを被った若い男の人が、交通整理をしていた。止まって待っていてくれた人達だれもに、ていねいにヘルメットを取るみたいに手をかけてはお辞儀をしていた。僕はその青年の流れるような動きに感心して、「この人は自分のダンスの才能に気が付いているのかな」なんて思いながら、その交通整理に見入ってしまった。ドイツでも道路が一時的に閉鎖されることはあるから、そんな光景も見たことはある。でも、日本では朝から夕方まで一日中、いちいちヘルメットに手を掛けて、待っていた通行者達にお辞儀をし、「すみません、ご迷惑おかけします」とお礼を言い、もう片手では棒で進行のサインを送っていた。そのようすは日本では当たり前かもしれないけど、僕には強い印象となって残った。同じ交通整理でも、日本でのそれには、自分の仕事をまじめに頑張る姿勢ばかりでなく、相手にかける迷惑を詫びるという心配りまで感じられたからだ。あのような自分の仕事に対する真剣さ、熱心さは、多くの外国人にとって、印象深い日本の情景の一コマになっている。

ついこのあいだ、ドイツで偶然に、日本女子プロレスの訓練中のテレビ放送を見た。女子レスラーが髪の毛を引っ張られたり、頬を叩かれたりして根性を鍛えられているようすだった。ちょっとやそっとでへこたれたりしない頑張り精神がないとプロにはなれない、という説明がついていた。それはちょっと極端な例かもしれない。でも、多分、ドイツ人に〈頑張る〉ということは、日々ただまじめに精進するということだけじゃなくて、辛くてもなんでも、とことん疲れるまで、自分の怠け心に鞭打ってやりとおす、という意味なのを知らせるために、そんな極端な場面を見せたのかもしれない。番組のプロデューサーが、よりにもよって女子プロレスの練習風景を、日本人の頑張る姿を見せるために使った、というのにはそれなりに意図があったに違いない。その効果は抜群だった。チャンネルを代えようとしていた僕の指はそのままで、その番組を見つづけたのだから。そのシーンはかなり過酷なものだったから、〈頑張る〉日本人のことを知っていると思っていた僕でさえ、それを見ながら、「どうして、ああまでして？」という疑問が湧いた。偶然見たその光景を呆然と見つめている僕の耳に、ドイツ人解説者の言葉が聞こえた。「〈ガンバル〉は日本で最高の徳なのです」

その言葉を聞いて、僕は以前聞いたことのある、円谷《つぶらや》というマラソン選手のことを思い出していた。東京オリンピックで三位になった円谷選手は、次のメキシコオリンピックでもメダルをという期待に押しつぶされそうになったのか、オリンピックの年のお正月過ぎに自ら命を絶った。ママが「最高に悲しくて心を揺さぶる遺書」だと言って読んでくれたことがある。

《父上様母上様、三日とろろ美味しうございました。干し柿、もちも美味しうございました。
敏雄兄、姉上様、おすし美味しうございました。
勝美兄、姉上様、ブドウ酒、りんご酒、リンゴおいしうございました。
巌兄、姉上様、しそめし、南蛮づけ美味しうございました。喜久造兄、姉上様、ブドウ液、養命酒美味しうございました。又いつも洗濯ありがとうございました。
幸造兄、姉上様、往復車に便乗さして戴き有難とうございました。モンゴいか美味しうございました。
正男兄、姉上様、お気を煩わして大変申し訳ありませんでした。
幸雄君、英雄君、幹雄君、敏子ちゃん、
ひで子ちゃん、良介君、啓久君、みよ子ちゃん、
ゆき江ちゃん、光江ちゃん、玲君、芳雄君、
恵子ちゃん、幸栄君、
裕ちゃん、キーちゃん、正ツギ君、
立派な人になって下さい。
父上様母上様、幸吉は、もうすっかり疲れきってしまって走れません。

何卒お許しください。
気が休まる事なく、ご苦労、ご心配をお掛け致し申し訳ありません。
幸吉は父母上様の側で暮らしとうございました》

円谷選手の悲しみは、飾りのない言葉を通して、日本語が母国語でない僕の心の底まで伝わった。
日本人の徹底的な頑張りぶり。それが日本人の〈徳〉だとしても、どうしてそこまでやらなくちゃならないのか？

日本人がなんでもまじめに頑張るようすは、大体いつも外国人に強い印象を与えていると思う。一九九八年のフランスでのサッカーワールドカップでもそうだった。日本チームは予選リーグ戦で三試合とも負けてしまった。最後のジャマイカとの試合では、もうどんなに頑張っても、先には進めないということが分かっていた。それでも選手達は最後の瞬間まで死に物狂いで闘って、ついに、日本がワールドカップに参加して初めてのゴールを決めた。ドイツのテレビ解説のアナウンサーは、最後まであきらめずにとことん走りつづけた日本人選手達の闘志と、熱心に頑張る姿に感激して、声高にいつまでもその態度を誉めつづけていた。

あの日、日本人のスポーツマン精神に感激しっぱなしだったアナウンサーが、試合放送を終えようとしていた矢先、急にまた声を高くした。

「視聴者の皆さん、ごらんください！　サッカーの試合は今までたくさん見てきましたが、こんなシーンはまだ見たことがありません。日本人サポーターの人々が、持参した大きなゴミ袋にゴミを集めています！　サッカー試合の後は、ゴミが散らばるのが当然になっていますが、はるか日本からやってきたサポーター達は、ゴミ袋持参で応援していたのです！」

テレビの画面には大勢の日本人サポーターが、大きなゴミ袋を広げて、みんなでゴミを集めている光景が映っていた。アナウンサーの日本人への感嘆の言葉で、そのジャマイカ戦の放送は締めくくられた。

テレビ観戦していた人の中には、アナウンサーと一緒に、何ごとでも熱心にまじめに頑張る日本人に感動した人も多かったんじゃないか、と僕は満足だった。

十四　〈行いを改めるのに遅すぎることはない〉

ドイツ人の僕が、日本社会のことで不可思議なことや疑問に思うことを話すと、おじいちゃんだけじゃなくて、多分九十パーセント以上の日本人が言うんじゃないかな？「仕方がない」

これは日本人がよく口にする言葉だね。

僕達がときどきなにかのことで頭にきていたりすると、ママが言うんだ。

「仕方がないって思えばいいのよ。本当に仕方がないんだから、イライラしてもしょうがないでしょう」

もちろん、本当にどうしようもないことだってあるから、そのときは、仕方がないって考えられることは強みだ。

でも、いつもいつも、仕方がないって考えていたら、変化も改善もなにも起こらない。

なにか問題があったら、みんなで集まって話し合ってみたらいいんだ。いろんな改善策が出たら実際に実行してみたらいいのに。あれこれ試しているうちに、不満や問題の元になっていることが、少しでも良いように変わるかもしれない。

機会があるたびに議論をしかけた僕に、おじいちゃんはよく言ったものだね。

「トミーが言うことはもっともなんだけど、そんなにものごとは変わらないんだから、いろいろ考えてもしようがないよ」

変わるか変わらないかはなんとも言えない。でも、考えることは、何かの改善への第一歩なんだ、と僕は思う。議論しあって、人それぞれにいろんな意見があることに気が付いて、自分の考えをまとめる参考になるように、新聞、雑誌、本なんかを、いろいろ読むようになる。問題になっていることを、どうしたらいいんだろうと、考えたり、議論するのは面白い。僕達にとって、議論はゲームなんだ。サッカーはボールをあちこちに蹴とばして、ゴールに入れるゲーム。議論は、意見をあれこれ言い交わして、だれかが良い意見を言ったりすると、「そうだ、それだよ！」とみんなで喜んだりする。少しでも良い意見、説得力のある意見は、「ナイスボール！」友達と一緒になると、もちろん音楽とかコンピューターとか女の子のことも話す。でも、それ以外にも、政治や世の中のこと人間社会のこと、話すこと考えることは山ほどあるんだ。だから面白いよ。

でも、これからおじいちゃんにはもう何も聞けない、議論も吹っかけられない。おじいちゃんの弱々しく眠っている顔を眺めながら、それがすごく無念だった。本当はもっといろんなことについて、日本人はどう考えるのか聞きたかった。

おじいちゃんは伝統的な日本人だけど、でも僕のドイツ人としての意見や、新しい考えを聞いてくれる寛容性もあった。頭ごなしの頑固さが全然なかったから、一緒におしゃべりするのが楽しかった。「老人が一人なくなるのは、大きな図書館が一つなくなるようなものだ」とどこかに書いてあったけど、それは多分おじいちゃんの世代の人に限って言えることなのかもしれない。おじいちゃんの世代ほどいろんなことを経験した人達は、そんなにいないもの。

なんといっても、第二次世界大戦を体験したんだから。戦争になるまでの世の中の動き、戦争中の辛さ、戦後の惨めさや貧しさ。世界中が目を見張るほどの、すごい勢いの経済成長のために一所懸命に働いたこと。どれ一つとして、僕達には想像もつかないことばかりだ。

おじいちゃん、いつだったか話してくれたね。

「戦争で中国に行っていたとき、馬から落ちたんだ。あのときは引っくり返ったまま、痛くて痛くてどうやっても起きられなかったなー。仲間が助け起こしてくれるまで、大して長い時間じゃなかったんだが、あのとき見えた空が青くて青くて、真っ青だったんだ。あれがいまでも目に焼き付いているんだよ。だから、あの青い空のことから書き始めて、自分史のようなものを書いてみようと思ったんだが、構想を練るばかりで、なかなか具体的にまとまらない。そのときそのときで書き付けておけばよかったんだが、頭の中であれも書こうこれも書こうと思っているばかりで、そのうちに目がだめになったから、それもできなくなった」

おじいちゃん、それは僕にとってもすごく残念なことだ。実際に体験した人にしか書けないこと、というのがあるからね。おじいちゃんが書いた言葉を通して、僕にも知ることができたかもしれないおじいちゃんの体験や感情のことを考えると、とてももったいないことだと思う。身近な人の体験を知るのは、一般的な情報よりずっと現実感があって心に響いてくる。「戦争は一人ひとりの人生をめちゃくちゃにしてしまう。それがなければ、ずっと生きていたはずの人々が、人間同士の戦いで死んでいかなくちゃならない。人々がせっかく築いた建物や、人々にとってかけがえのない物を人間が破壊しあう。これ以上愚かなことはないというのに、人間は今でも戦争を止めようとしない」
頭の中でそれは知っている。でも、身近な人の体験談は生身の声だから、迫力も説得力もずっとある。その強烈な印象で僕達は動かされ、新しい行動へのエネルギーが湧くかもしれない。

昔は、今のように自由に世界中に情報が伝えられなかったから、異国民同士がお互いに憎みあうのも、一部の政治家の考えで国民が洗脳されるのも、あっという間だった。そんな時代に生きてきたおじいちゃん達にとっては、今のインターネットやメールによって広がる情報の可能性は、きっと、すごく感慨深いんじゃないかな？　インターネットやメールが、平和のためにどんなに役に立っているか分からない。おじいちゃんだって、目さえ悪くなかったら、きっと僕とか、他の国の知らないだれかとメール交換していたかもしれないね。ママのノートパソコンに、ドイツから送られてきたその日撮られた僕達の写真を見て、感心して面白がっていたんだってね。おじいちゃんはワープロやビデオみたいに新しい技術がもたらす道具には、いつも躊躇しないで挑戦していたからね。目が悪くなるまでは。

アメリカ軍のイラク攻撃が始まる前は、メールの出入りが多かった。パパのアメリカのホストファミリーから、アメリカの国会議員の戦争反対演説がメールで届いた。「今日私はアメリカのために涙を流す」という戦争反対意見だった。世界中で攻撃反対のサインを集めています、協力してくださいというメールも届いた。ドイツ国内ではデモがすごかった。ハンブルクでは高校生だけで一万人も集まってデモをしてしまった。「授業をサボったらだめだ」と先生は言ったけど、「戦争に反対するほうが授業より大事だ」とみんなが道路に出た。ドイツ中でデモがあったから、僕も友達もみんな参加して意思表示した。「戦争はダメ」「殺人破壊行為の戦争には反対だ」ってね。意思表示しなかったら、それでいいんだと思われかねないから。

ドイツ人は自分達が選んだヒットラーがあんまりひどいことをやったから、もう永久に良い国の国民だなんていう顔ができなくなった。当時に関するテレビ番組、新聞記事や本は今でもよく目にするし、学校の宗教、歴史や国語の授業でも、そのテーマについては徹底的に勉強した。過去に自分の国がどんなにひどいことをやらかしたかを、しっかり叩き込まれた。日本には〈臭い物に蓋〉ということわざがあるんだってね。ドイツでは、戦後その〈臭い物〉に蓋をしないで、徹底的に洗い出そうとしているから、あんまり擦られて、もう痛いほどだ。本当は僕達の世代がしたことじゃないけど、僕達の肩にまでずっしりと重荷が負わされたような気がして、つくづく気が滅入るほどだ。

国旗や国歌でさえ、ドイツ国内では肩身を狭くしているような印象があるんだ。たとえば、信じられないかもしれないけど、同時多発テロがあった次の日、僕達は初めて、自分達の学校にドイツの国旗が挙がっているのを見た。それは、アメリカでの犠牲者に対する追悼の意味を込めた、半分までしか揚がっていない半旗という状態だった。それまでにドイツの国旗を見たのは、国賓の歓迎のためにとか、オリンピックとかの特別のときにだけ、それもテレビでね。それが、アメリカの大事件をきっかけに、突然校内で見ることになった。ほかの国の不幸のために、初めて目の当たりにした自国の国旗。

生徒達は、からかい半分皮肉半分でその国旗を下まで下ろしてしまった。それでも、次の休み時間にはまたちゃんと半旗になっていた。その休み時間中に生徒達がまた下まで下ろすと、次の休み時間までには、用務員のおじさんがまたしっかり半旗にした。生徒達は一日中休み時間のたびに、初めて校内で目にする自分達の国旗を面白がっていたというわけだ。

このことを日本人のしかも大正生まれのおじいちゃんに話したら、どんなコメントが聞けたんだろう。同時多発テロの犠牲者のことを考えても、国のシンボルとしての国旗のことを考えても、そんな無礼なことをしてしまうドイツ人生徒に驚いて、どう解釈したらいいのか分からなかったかもしれないね。

だけどあの行為は単なるおふざけではなかった、と僕は思うんだ。僕達は自国が戦争中にどんなひどいことをやってしまったかを、いやというほど勉強してきた。だから、自国の旗を校内で初めて見るきっかけが、理由はともかく、国旗を通して、アメリカという押しも押されもせぬ超大国に対して頭を下げるためだったということが、なにやら惨めだった。休み時間になるたびに、その国旗がどうなったかを見るため、大勢の生徒達が「また挙がっているぞ」とか「もう下がっている」とか言いながら、校庭をうろうろしていた。あの気持ちは、過去の罪のために、ドイツという自国を否定することを習った若い世代の僕達にしか分からないかもしれない。いや、もしかすると、先生達も分かっていたかもしれない。その証拠に、生徒達の行為をとがめたり、取り沙汰した先生は一人としていなかった。

ドイツ人は、多分スポーツなどを通してしか、自分の国のことを喜ぶことはできなくなってしまった。ドイツという国としての力を喜んだり、誇ったりすることは、僕達にはもう永久に許されなくなってしまったんだろうか？〈愛国心〉という言葉は、ドイツでは一般的には、タブーのような感じさえある。若い僕達だって六十年前の罪を相続する運命にあるから、自国に対する態度がすごく不自然だ。多分、他の国の人々の多くは、自国を誇りに思っているのだろうけど、ドイツ人は過去のことが頭にあるから、自国を誇りにできない。それどころか、恥ずかしく思ってしまうんだ。でも、ドイツ国民は、戦後六十年間、民主主義のもとに、一人ひとりの自由と尊厳が守られる社会を、意識して一所懸命築いてきた。過去という影が重荷にはなっているけれど、せめてそのことについては、誇りにしてもいいのかもしれない、と僕は思う。

このことは、頑張っても頑張っても、一度犯罪者になった人が、一生そのレッテルをはがしてもらえないのと同じだ。仕方がない。大きすぎる犯罪を、僕達ドイツ民族はしてしまったんだから。僕達はそれを認めて、最善を尽くすだけだ。いつの日か、レッテルをはがしてもらえるのを期待して一所懸命やるしかない。レッテルが取れるとしても、犯した罪は決して消えることはないけれど。〈行いを改めるのに遅すぎることはない〉ということわざも英語にはあるんだし。(It is never too late to mend)

十五　一九五四年のサッカーワールドカップ

酸素マスクをしたおじいちゃんの顔を眺めながら、いろんな考えや思い出が頭の中に浮かんだ。

手伝いのためにおじいちゃんの家にいたあの夏、一緒に広島の原爆慰霊祭のニュースを見た後、ぼそっと話してくれたことを思い出した。

「戦争から帰ってきたら、年取った親父がしょぼんとしてひとりで座っていたんだよなー。その背中を見たらあれこれ考えていた自分の人生計画なんぞ、あっという間に消えてしまったなあ。それからしばらくして、おばあちゃんとお見合い結婚をして、子供ができたっていうわけだよ。戦後の経済復興の勢いと、家族を養うのと、おじいちゃんの場合は結構平行していたからなぁ」「あの頃の世の中の変化っていったらものすごかった。おじいちゃんは家を建てるとき、初めは台所に前と同じく竈《かまど》を置く発想で、土間を造る考えでいたんだ。そしたら、あれよあれよという間に、土間なんていうものはもう流行らないっていうんで、板張りのモダンな台所になって、そこで椅子とテーブルで食事をするようになったんだ。椅子はオレンジ色の明るいのだったし、当時は文化住宅っていって、赤い屋根だったもんだから、トミーのママは喜んでいたなぁ。家庭訪問の先生が、まあ、いいですねー、見せてくださいって、タイル張りのお風呂に感心していた。あの先生、新築の話ばかりして、肝心の学校の話をするのをすっかり忘れて帰ってしまったもんだ」

今の天皇陛下の結婚式の日に、おじいちゃん達はその新しい家に引っ越したそうだ。引っ越しの合間に、近くの中学校に結婚式のパレードのテレビ中継を見に行ったら、すでに大勢の人が見に来ていたんだってね。国中なにもなかった時期を経験した後だから、みんなでテレビという文明の利器を見られるだけで、満たされた気持ちになったんだろうね。

「それからしばらくして買った冷蔵庫で冷やしたビールが、なんともいえずうまかったなー」

その口振りは、まるで今でもまだその味が思い出せるかのようだった。そのビールの味はきっと、おじいちゃんにとって、戦争で苦労した後、頑張ってきた自分達へのご褒美みたいな意味があったのかもしれないね。

普通と違う体験をすると、それは強烈な思い出になって、いつまでも心に残るんだね。当時まだ子供だったパパにも、鮮明に残っている思い出がある。それは一九五四年のこと。ドイツ人は世界中で一番惨めで、国民はただひたすらこつこつと働き、小さくなって暮らしていた。戦後の一九四六年は、サッカーのワールドカップは開催されなかった。一九五〇年のワールドカップには、ドイツ勢は戦争の罰として、参加を許されなかった。

一九五四年。やっと久しぶりに参加できたワールドカップで、ドイツチームは思いもかけず決勝戦に臨むことになった。ハンガリーとドイツの決勝戦を見るために、電気屋の店先にあったテレビの周りには、七、八十人の人々がむらがっていた。パパは、他の子供達と一緒に最前列に座って見ていた。ちまたでは優勝最有力候補のハンガリーが、あっという間に二対〇でドイツをリードした。そのうちにドイツが一ゴールを入れ、二ゴール目を入れて同点となった。試合終了の五分前に、三点目が入った。それは、ドイツの得点だった。国中がやんやの騒ぎになった。試合終了となったとき、アナウンサーが興奮して繰り返した。

「ドイッチュランド　イスト　ウェルトマイスター！　ドイッチュランド　イスト　ウェルトマイスター！（ドイツは世界チャンピオンです！）」

それは長くて暗いトンネルを通って、やっと先に明かりが見えたような思いをドイツ国民にもたらしたものだった。だから、ドイツ中の人が嬉し涙にむせんだ。インタビューされたおばあさんが、泣きながら言った。

「ウィア　ジント　ウィーダー　ウェア（私らはまた人並みになった）」

その頃のドイツ人は、惨めで恥ずかしくて、自国の名前を口にするのもはばかられたんだよ、とパパが説明してくれた。そのときの感激は、まだ子供だったパパも、半世紀経った今でもしっかり覚えているそうだ。

それは、第一次大戦後の経済制裁と不況、それに続く第二次大戦と、戦後の苦しさ惨めさを越えてきたからこそ味わえた喜びであり、感激だったんじゃないかと思うんだ。そのときの満たされた気持ちは、全ドイツ人が同時に共有した感情だ。

オリンピックのメダル獲得やワールドチャンピオンの勝敗をめぐって、みんな一緒に熱狂する機会は僕達にもある。でも、おじいちゃん達や、パパが子供の頃体験した嬉しさとは少し違うような気がする。

十六　心を満たすもの

日本にも、ドイツにも、深い深い傷を残した戦争が終わって六十年。世界にはいまだに戦争も紛争もあるけれど、それで僕達の暮らしが脅かされるわけではない。日本の街並みや人込みを見ても、ドイツと同じく豊かな物質に恵まれ、人々は平和な日常生活を営んでいる。「生か死か」みたいな切羽詰まった状態は、まるで別世界のこと。平和な時代に生まれ育った人達が大半を占める世の中になって、それなりの歪みが出てきた。お金がなくて暮らしに困るとき、人がお金に振り回されるのは分かるような気がするけど、暮らしに余裕があっても、どうやら人間はいとも簡単にお金に振り回されるらしい。

前に、日本の〈援助交際〉について、ドイツの『シュピーゲル』という週刊誌に記事が載っていた。僕には、まじめそうな日本人が、どうして、そういうことができるのか理解できなかった。日本では、おじさんと女子高校生とがお互いに必要な点を補って助けるからという理由で、〈援助交際〉なんて呼び方をしてしまうけど、そんな呼び方で特別扱いしていていいのかなと思う。

女子高校生は、お金のためにそんなことをして、自分の大事な人生を安っぽくするのをなんとも思わないのか、と僕は驚いた。おじさん族だって、自分の娘のような歳の子を相手にする卑しさを恥ずかしいと思わないのか、と驚いた。そして、「今の親は娘に注意できない」と世間では呆れている、ということにもとても驚いた。もちろん、親が子供の行動に対して意見を言うことができないというのは問題だ。でも、同世代のドイツ人の僕は、「親から意見されることより、高校生にもなって自分の人生のことを自分で真剣に考えないの？」と、むしろそれがすごく不可解だった。これは、親が言うとか言わないとかの問題じゃないと思うんだ。やっぱりこれは、ドイツ育ちの考え方なのかな?

お金のためなら身体まで提供するというのは、お金の奴隷になることだ。レストランでお皿運びするのや、新聞配達するのと同じようなアルバイト感覚で売春をするというのは、どういうことなんだろう。物を買ったり、一時を楽しむためのお金欲しさに、人間としての尊厳や自尊心を放棄してしまう浅ましさ、薄っぺらさ。僕は同じ世代の一人として、唖然とするだけだ。

何も考えないで欲のままに行動するおじさん族と女子高校生の、現代社会の病みたいな現象に、〈援助交際〉という呼び名を与える日本社会も甘すぎる、と僕は思う。そんなことが社会現象として起こるというのは、世の中に問題があるからなんじゃないかと思う。これから将来がある女子高校生達のお金への欲求を利用して、自分の欲望を満たすおじさん達。本能のままに行動して恥じない、分別があって当たり前のはずの疲れたおじさん達。お金万能の世の中と思い込んで、「お金のためなら」とおじさん達の言いなりになる高校生達。自分の人生や価値のことも考えずに、自分の身体をお金を稼ぐ道具にまでおとしめることができる高校生達。二つの世代の人達を、そんな行為に走らせてしまうのは、一体何なんだろう？

お金で気持ちが動かされてしまうというのは、弱い人間にはもちろん、よくあること。よっぽど強いか、清いか、大金持ちじゃなかったら、「お金はどうでもいいです」なんてなかなか言えないしね。お金に関しては、ものすごく自己制御力が試される。僕だってそうだ。

ドイツには兵役があるけど、兵隊として軍隊に入り戦争のための訓練をするのに抵抗がある人に対して、兵役の代わりに福祉関係の仕事が認められている。僕はギムナジウムを卒業する前に、卒業後は、その兵役の代わりに障害者の家で働こうと決めていた。僕の兵役は免除されたけど（アレルギー症や近視など、ちょっとした健康上の理由で、兵役が免除されることが、今はよくあるんだ）、すぐに大学に入る代わりに、予定したとおりに心身障害者の家で一年間はボランティアをすることにした。

ボランティアの一ヶ月の報酬が、兵役やそれに代わる仕事をする人達よりずっと少ないのは、あらかじめ知っていた。兵役は義務でするのに、自由意志でする場合よりずっと多く報酬がある。ボランティア、つまり自由意志だから、見返りを期待しないのが本来のあるべき姿、そういうことなんだろう。でもなんだか分かったような分からないような気分だった。自分では、無いも同然の小遣い的収入だとは知っていたのに、いざとなると、友達がうらやましくなる自分に気が付いて、ゲンナリしたぐらい。

おまけに、仕事をし始めたら、障害者相手の仕事はかなりきつい。朝早く六時に出掛けて、みんなを起こして着換えを手伝い、朝食をとるのを手伝う。二人の介護員で九人それぞれにお弁当を入れたバッグを持たせて、作業所にバスで送り出し、後片付けの後、九時過ぎに自転車で僕は家に戻る。午後は、みんなが障害者の家に帰って来るのに合わせて、三時半過ぎにまた家を出る。コーヒーを飲みながらしゃべったり、またみんなの相手をして、夕食も一緒にとる。シャワーやお風呂やトイレや身の回りのことを手伝って、みんながベッドに寝付いてから、後片付けをして、僕が家に着くのは夜十時半だ。

三十歳から七十歳のみんなは、それぞれに個性のある大人だ。僕がちゃんと考えて対応したつもりでも、気に入らないと唾をひっかけられたり、たたかれたりすることもある。いつもだれかしら奇声を上げたりしているから、慣れないうちはすごく神経が疲れる。それでも一所懸命やれば分かってくれる。ただし、きのう楽しくてうまくいったから、今日もその調子で、なんていうことは期待できない。毎日毎日が新しい一日なんだ。

人間って「ありがとう」の一言を聞くだけですいぶん頑張れるね。でも、僕の仕事場の心身障害者の人達の中には、僕達介護員を喜ばせてくれるような反応をしてくれる人はあまりいない。それでも、ひたすら自由意志で働くというのは、結構精神修行になる。僕は少ないい小遣いでもいいから、この仕事をして一年間暮らしてみようと決めた。でも、僕だってやっぱり〈弱い人間〉だから、兵役の代わりとして病院で働いている友達から、仕事の内容や収入を聞いては、自分の毎日と比べて、「ああ、割に合わないな」と思ったりしてしまう。

福祉関係の仕事で一生を暮らそうとする人達は、本当にすばらしい精神力を持っているとつくづく思う。お金の誘惑に弱い人、できるだけ苦労しないでお金を手に入れたいなんて思う人には、福祉関係の仕事は多分、とてもじゃないけどできないね。もっとも、ドイツで僕の見た限りでは、現実には、ただ〈仕事〉として割り切ってやっているだけの人もいるし、〈社会的弱者のため〉なんていう情熱を持ってこういう仕事に就いている人ばかりでもないけどね。失業者でいるよりはボランティアの仕事でもした方がいいから、とやっている人だっている。

でも、この方面の仕事で、やっぱりお金に換えられない見返りというのはあると思う。「自分が人のために役に立っている」という満足感だ。お金と違って〈満足感〉じゃ物は買えないし、お腹を満たすこともできない。でも、心は満たすことができる。

十七　満たされた中で

今、世の中には物が満ちあふれている。病院からおじいちゃんの家に帰る途中の駅の構内での印象はそれだった。食べる物、着る物、雑貨用品、旅行案内、なんでもある。平和な世の中しか知らない僕達は、戦争前後の惨めさやひもじさは、頭では理解していても実感がない。それに、欲しいものがあれば、どうにかすれば手に入ると思っているから、一面覚めたところがある。それが当たり前だから、思うようにいかないと、ちょっとしたことにでも不満が出るし、頭にきたりする。大人は大人で、手に入れた繁栄の中で、僕達を甘やかすのに疑問を持たないし、おまけに、若者相手の儲け本位の産業は飽くことなく新しい商品を開発しては、購買欲をかきたてる。

反面、僕達には、こういう豊かさもこれまでで、これからは厳しい時代が来るんだろう、という予感のようなものがある。少子化、高齢化社会においての経済政策、環境汚染による地球環境の変化、コンピューターや工場の機械化といった合理化からくる職場体系の変化。遺伝子の可能性をめぐっての、人間の際限のない好奇心と野心がもたらすもの。どの問題をとっても、一体これからどうなっていくのだろう、と呆然としてしまうほどだ。

おじいちゃんの世代の人達は、ドイツ人でも同じように敗戦の惨めさを抜け出したくて、必死に頑張って働いた。ドイツのオミは戦争未亡人として、三人の子供を育てた。翻訳、通訳の仕事をして、保険会社の仕事まで掛け持ちしていた。僕が、もっとドイツの歴史の事実について聞いてみたいと思ったときには、オミはもう言葉を失っていた。

四年前のクリスマスに、戦争体験者から直接話を聞こうと、パパ達はゴーツさんを招待した。「こう言ったら変に思われるかもしれないけど、大不況の中で台頭したヒットラーは、いろんな改革を精力的にやった。あの頃僕はヒトラーユーゲントに入って、毎日みんなで力を合わせて、村のためとか公共のために働いたんだよ。みんなが一緒に励んだから、その成果も見えたし、張り切ってみんなで国を良くしよう、っていう気持ちで盛り上がっていたんだ。今の若者だったら、何をしたらいいのか分からなくて、ディスコに行って踊って時間をつぶしたりするのかもしれないね。でも、僕達はそういったことの代わりに国のために頑張って働いて、充実感をもったんだ。強制収容所のことは、一般の人はあまりよく知らなかったんだ。戦争は二度とあってはいけないことだ。だけど、ヒトラーユーゲントがしていたことそのものは、当時の若者にやる気と希望を与えていた、っていうのも事実なんだ。あのとき一緒に働いていた友達や、戦争に行っていた仲間も戦中にだいぶ死んでしまった」

日頃、冷静でものごとを深く客観的に見ているゴーツさんの目から涙が流れるのを見て、戦争体験をした人にしかどうしたって分からない感情というものがあるのに、僕は気が付いた。

ゴーツさん夫妻は、その体験があるから、湾岸戦争が始まりそうだったときも、戦争反対のデモにまっ先に出かけた。「戦争はいけない。何があっても、破壊行為の戦争だけは許されない」その一心でね。

日本もドイツも、それぞれの国の人達がその発展のために、一所懸命精を出して働いた。国中のだれもが一緒に、惨めさ、悔しさ、空しさ、悲しさと戦いながら、ゼロからの出発をして頑張っていた。それを体験した人達がだんだん少なくなっていく。僕達が知っているのは、物質的な豊かさばかり。そしてそれに比例して期待と欲求もますます膨らんでくる。

十八　達成感

病院からの帰りの電車の中で、若者がみんな携帯をいじっているのに目が止まった。メールを打ったりゲームをしているようだった。指先が不自然なほどこまかく動いている。耳にイヤホーンをつけて窓の外をジーッと見ている若者は、目の前に老人が立っているのも気が付かないようだった。あの老人はあの若者達のようすを眺めながら、何を考えていたんだろう。

ドイツでも「テレビやコンピューターの影響で、子供達の健康が害されている」という記事があちこちで目に付く。いろんな可能性のある豊かな社会はありがたいはずなのに、そんな飽和状態の中で、心配なのは子供達の心身の健康だけじゃなくて、子供達が生きていく世の中全般だということになってきた。まじめに一所懸命やっても、就職先が見つからない。繁栄を知ってしまった世代の僕達は、よくよく将来設計をしないと、お先真っ暗ということになりかねない。設計したって、何も役に立たないかもしれない。

それに、豊かな社会で楽するのに慣れているから、苦労するのがどうもいやだ。そこが僕達の辛いところだ。

山登りの道は、険しいほど登り甲斐もあるし、登りながら、さらにいろいろと登る要領も覚えられる。でも、ゴンドラに乗ったりして楽ができる可能性もあって、他のみんなが楽をしようとしているとなると、自分だけ険しい道を選ぶのがばかばかしくなってくることだってある。意志が本当に強くないと、わざわざ険しい道を登らなくても頂上に行けるのに、「なんのために?」という気に、すぐになってしまう。

たとえば、以前にスイスに登山に行ったとき。ゴンドラのようなのは使わない主義の僕達家族は、下のほうに車を置いて、歩き始めた。五時間ぐらい山道や畑の間や道のないようなところまで歩いた。上にはアレッチグレッチャー（アレッチ氷河）があるはずで、そこを見渡せるところにベトマーアルプという小さな山岳町がある。そこまで行こうと地図を見ながら歩いていたけど、ほとんど人に会わない。それもそのはず、五時間ほど歩いてたどり着いたベトマーアルプには、大きいゴンドラの乗り場もあったし、電話ボックスのようなインターネットのできるボックスまであった。

アレッチグレッチャーは壮大な氷河だった。それは、下界からゴンドラであっという間に着いて、ちょっとハイキング気分で見に行くというのでは、氷河に失礼な気がするほど大きなものだった。氷河期の終わりから凍ったまま、一万年以上も人間界の変化を見続けてきた氷河のことを想像して、僕はちょっとばかり敬虔《けいけん》な気分になった。

少し歩いてから、黄色やピンクの可憐な山岳の花が咲き乱れる草地に立った僕の目に入ったのは、遠くに連なる雪をかぶった山々だった。それらは、地球が丸いのが確信できるような緩やかな線を描いて、見渡す限りに広がっていた。その美しい自然に感嘆する気持ちは、そこに立った人みんなが持てるものかもしれない。

でも、それまでの山道や畑道から見る景色は、畑で働いていた人達と、自分の足で登山した僕達しか見なかったというわけだ。長い鎌を持って草を刈っていた農民の姿、小さい農家の向かいの道端に置いてあった古いかまど、その上に置いてあった花瓶の花、廃屋になったらしい昔の小さい家。実際に歩いて自分の目で見たら、ずっと目に焼き付いていたかもしれない風景を見る機会を、ゴンドラに乗って楽したばっかりに逃している。もったいないことだね。僕達にとっては、苦労してたどりついたベトマーアルプだからこそ、そこから見る景色の何もかもが、なおさらすばらしく見えた、ということだってあるかもしれない。

おじいちゃんも、似たような気分を経験したことがあるんだってね。二年前、もうパーキンソン症がだんだん負担になってきた頃、ママをお供にタクシーで病院に行ったときのこと聞いたよ。帰り道、お天気がいいから、少しだけ散歩をしようということになって、二人でゆっくり歩いたんだってね。おじいちゃんは、ドイツから娘が帰って来ると、散歩、散歩と合言葉のように歩かされると知っていた。秋晴れの透きとおった空気の中で、自分の住み慣れた町が新鮮に見えるぐらいだった。さわやかな日差しに、道端の冬枯れの草ときちんと耕された畑の肥えた黒い土がいきいきと見えた。その秋の雰囲気を楽しみながら、おじいちゃんはもうちょっと、もうちょっとと歩き続けた。途中で久しぶりに親戚の家に顔を出して、お茶を飲んで休んだ後は、意気揚々とまた歩きだした。ママは少し距離が気になりだしたけど、おじいちゃんが、「もうタクシーを頼むだけ面倒だ、歩いちゃえ」と、ついに四キロぐらいの道のりを全部歩いてしまった。家に着いたとたん、自分の椅子にどさっと座り込んだおじいちゃんを見て、ママは、やっぱりやりすぎたか、とハラハラした。でも、その心配はすぐくつがえされたんだって。おじいちゃんが、いつものようにすごく的を射たことを言ったからだ。

「タクシー代を節約したなんていうお金の問題じゃないんだなー。達成感なんだよ。俺だって、まだこれだけできるんだ、っていう達成感なんだ」

一息ついて、お茶を飲みながら、おじいちゃんはそう言って、まるでエベレスト山頂にでも登ってきたみたいに満足していたんだってね。


そうなんだ。おじいちゃんの言うとおり、達成感なんだよ、僕達に欠けているのは。今はいろんなことが便利になりすぎて、先進国の人達は、なぜか物足りない気持ちになっているような気がする。

「戦争の頃のこと考えたら、便利になったのはありがたいんだから、まあ、そう言うなよ、トミー」

そう言うおじいちゃんの声が聞こえてきそうだ。おじいちゃんの世代の人達にはそう思えるかもしれない。でも、僕達にとってみれば、そう思ってばかりもいられないんだよ。僕達には、この便利で物質的に満たされた状態がスタート地点なんだから。心の中が満たされていると思えるなら、それでもいい。でも問題は、僕達の心が満たされているように感じられないことなんだ。このことは日本もドイツも同じだと思う。世界中文明が進むとどうもそうなってしまうらしい。文明というのは、人間の知性で、どのぐらい便利に快適に生活を送れるようにできるかという試みだ。お陰で便利で快適な生活になった。でも、だからといって、めでたしめでたしにはなっていないみたいなんだ。

皿洗い機がお皿を洗ってくれるのは助かる。その分時間と労力が浮くからね。ゴンドラが山頂まで登山者を運んでくれるのも助かるね。その分時間と労力が浮くからね。でも、ここで「?」と思わない？　ゴンドラで頂上に行って「きれいだね！」と思うのは、単に映画を見るのとあまり変わらないような感じが、僕にはするんだ。

山登りは自分の足で頂上にたどり着くから、きついけど満たされた気持ちになって、それがなんともいえない楽しみになる。ゴンドラがあるからとそればかり利用していたら、満たされていい気持ちになる機会を、自分から放棄しているようなものだと思うんだ。楽することばかり考えていると、いつか物足りなくなって不満が出てくるのかもしれないね。

十九　限界を試す若者達

おじいちゃんは、ことあるごとに言ったね。

「トミー、日本には、こんなことわざがあるんだよ」

おじいちゃんはそのことで少しでも、日本の文化を僕に伝えようとしたのかもしれないね。

〈衣食足りて礼節を知る〉ということわざを思い出したのは、病院から帰るとき駅の構内で、ある情景を見かけたときだった。

駅の真中の人通りが激しいところに、十三、四人のミニスカートの制服の女子高生が円く輪になって、ぺたんと座っていた。電車に乗る人、階段を降りる人、デパートに入ろうとする人達は黙ってその女子高生達を避けて通っていた。

〈生活が豊かになって初めて、道徳心が高まって礼儀を知るようになる〉というそのことわざを考えると、多分あの高校生達の生活が豊かじゃないから、道徳心など思いもつかないのかもしれない、と思ってしまうぐらいだ。実際にはそうじゃない。日本の生活は一般的に豊かにみえる。それでも、礼儀を知らないというのはどうしてだろう。

「日本では、学校でいっぱいの規制があるでしょう。だから、学校の外に出ると規制がないような錯覚を起こして、〈迷惑になるかもしれない〉という礼儀のことは忘れてしまうのかもしれないわね。人間って、いつも規則で縛られると、規則がなくなったとたん、反動でかえって極端な行動に走ってしまうんじゃないの。だからああいうことができちゃうのかもしれないわね」

ママがそう解釈した。僕もそれはそうだと思う。あの高校生達の行為は、そのことわざからは程遠い振る舞いだから。

でも、同世代の一人として、あの行動の裏にはもう一つの意味があるんだ、と思うことがある。

高校生が人通りの多いところで、平然と輪になって座っているのは、僕には、高校生が限界を試している現象だと思うんだ。自分自身の限界。親子の間の限界。世の中で許される振る舞い、行動の限界。いろいろ試しているうちに、ああ、やっぱりこれはこうやってはよくないんだと自分で気が付いて、納得して受け入れていく。それは僕達が大人になっていく段階の一過程だ。大人達は、「まったく、この頃の若いもんは……」とイライラするかもしれない。でも、そういう大人の人達だって、若かったときにはやっぱり、違う形で限界をいろいろと試していたんじゃないかと思うんだ。

ドイツの女の子達だって、八、九年生（中学二、三年生）になると急に大人っぽい格好をする。「もう子供じゃない」と厚化粧したり、洋服も大人びた物を着る。でもまた十一、十二年生になると、化粧するのは本当にそういったことが好きな人だけで、大部分の人は素顔で自然な格好になるんだ。自由だから、しようと思ったらいくらでもできると分かれば、別にやたらとそういうことに執着しなくていい。自分のやり方を見つける過程として、子供達にはそういう時期も必要だから、と先生達もなにも言わないで放っておく。だから、学校には本当にいろいろなタイプがいて、見ていて退屈しない。

日本では、中学生や高校生ぐらいになるといろいろと試してみたいのに、その前に規制されてしまうみたいだね。試して、失敗して、自分達で納得するせっかくのチャンスがなくなってしまうんじゃないかな。自分で失敗した方が、ずっとサバサバと結果を受け入れられるし、よくものごとが理解できるようになる。それなのに、試さないうちから、周りから限界や結果を言い渡されるから、若者からいきいきとしたようすが消えてしまうような気がする。

大人になる大切な準備期間に受験勉強があるから、自分のこと、人生のこと、世の中のことを考える時間の余裕がなくなってしまう。大人として目覚めるという、本当は一番貴重な時期に、受験準備や部活で頑張ることが一番大事なことみたいにすり替えられてしまっているんじゃないかと思う。そんな問題から目を逸らすために、プリクラや漫画のような手っ取り早い目先の気分転換がたくさんあるようにさえ、僕の目には見えてしまう。

ドイツでだって、思春期から青年期にかけていろんな問題がある。家庭の事情、能力、性格によって、それぞれいろんな困難や障害を越えなくちゃならないこともある。でも、早くから、〈だれのものでもない自分の人生〉という意識を持つように育てられるから、じっくりと大人になれるように思うんだ。

二十　ドイツの子供

駅の構内で輪になって座っていた若者達は多分〈自由〉ということをよく分かっていないんじゃないかと思ったんだ。日本では、〈自由〉というと、勝手にすることみたいに、あんまりよく思われないところがあるね。へたに自由ということを振り回せば、身勝手なエゴイストということになってしまう。でも僕は、自由を手に入れるときは、そのための責任を持つ必要があるから、自由は楽なことばかりではないと思うんだ。自分の自由を守りたいからと、人の自由を侵してはいけないし。他の人が自由にするのも、気持ちよく受け入れられないといけない。そんなルールを、ドイツの子供達は、多分砂場遊びのような単純なことで覚えていくみたいだよ。

日本に引っ越す前、僕達三人兄弟は、毎日、家の前の砂場のある遊び場で、朝から晩まで遊んでいた。ドイツでは、季節がよくなると子供は外で遊ぶことになっている。だから、テレビの『アルプスの少女ハイジ』が好きなナナを、その番組の始まる時間に、家の中に呼び入れたりしたら、他のお母さん達から白い目で見られるほどだった。「こんなにお天気がよいというのに、テレビ見るんですって（！）」という具合だ。

砂場で一日中何して遊ぶんだろうと思うかもしれないね。滑り台に割り込んで来る子がいたら「順番を守りなさい、割り込んじゃだめよ！」とどこの子でもいいから叱るお母さんだっている。自分より小さい子の遊び相手になったり、自分が一所懸命作った砂のケーキが壊されたりしないように見張ったり。お母さん達が、子供に何を食べさせているか、何時に寝せるか、飽きもしないでしゃべっているのを観察したり。いっぱい親子が集まってくる遊び場というのは、何もやる気がない時だって、あちこち観察していると絵本を見ているみたいで面白い。「あの子がシャベルを取ったー」と泣く子がいる。「いつまでも泣いていないで、ちゃんと返してもらいに行きなさい」子供に処世術をしっかりと教育するお母さんだっている。「あなた、勝手に取っちゃいけないのよ。ちょっと貸してねって言えばいいのよ」横取りした子をつかまえて注意するお母さんもいる。

ある日、砂場でダニエルと遊んでいた恥ずかしがり屋のナナが、ママに言った。

「ダニエルに午後遊びに来てもらいたいんだけど、ママ聞いてくれる？」

ママは、ダニエルのお母さんに聞いた。

「今日の午後、ダニエル、家に遊びに来ませんか？」

ダニエルのお母さんはダニエルに聞いた。

「ダニエル、ナナがあなたと遊びたいそうだけど、どうする？」

ダニエルは、首を振って言った。

「僕は今日はひとりですることがあるんだ。ナナとは遊びたくない」

息子の返事を、今度はダニエルのお母さんがママに伝えた。

「ダニエルは、今日はその気にならないんですって」

そのダニエルは別の日には、ひとりで僕達の家の玄関のベルを鳴らして、ドアを開けたママに言った。

「ナナ、いる？」

そして、ドアのところまで来たナナだけに聞いた。

「ナナ、今から僕と外で遊ばないか？」

ママの顔なんて見もしないで、ナナひとりに堂々と都合を聞くその態度は、五歳ながら既に独立した人間のそれだった、とママが感心して言ったことがある。

そういう態度はダニエルだけのものじゃない。だれも、いやなことはいやだと言うから、それで失礼になったりはしない。日本人だったら、相手を失望させるかもしれないと考えて、いやでも断われないみたいだね。僕達三人も日本人のママの影響で、なかなか、いやなことをいやだと言えなかった。でも、周りがあんまりあっさりと断っているのを見ているうちに、だんだん自分でもできるようになった。


日本人のそんな態度は、小さい頃からの躾によるものだとママが改めて実感したのは、やがて日本に引っ越して、僕が幼稚園生になったある日のことだった。

幼稚園の帰り道、僕は一緒に歩いていた浩君に聞いた。

「浩君、今日、後で、僕んちに遊びに来ない？」

浩君が答えた。

「ううん、僕、今日は家で一人で遊ぶんだ」

浩君のお母さんがあわてて言った。

「浩、そんなこと言うんじゃありません。トーマス君に失礼でしょう」

「だって、僕、今日は家で一人ですることがあるんだもん。朝、遊び始めたとき、ママ言ったじゃない、幼稚園から帰ってからしようねって」

「それはそうだけど、それはまたいつだってできるでしょう。せっかくトーマス君が、遊ぼうといっているのに、失礼でしょう」

僕のママは不満顔の浩君を見て言った。

「いいんですよ。まだ子供なんだから、失礼とか考えないで、自由にやったらいいんですから」


おじいちゃん、ドイツと日本の二つの情景の極端な違い、面白いでしょ？　日本では、相手に対する礼儀とか思いやりがすごく大事なんだね。自分の意思はともかく、相手の意思を大事にする。僕達も日本に行くと、そんなふうにみんなが優しいから感激して、あっという間に時が経ってしまうんだ。

でも、ドイツにいると思うんだ。日本人は、いつもみんなが優しく、お互いのことを思いやって、礼儀正しく行動しようとする。だから、あの幼稚園の浩君のように、本当は自分がその気にならなくても、相手に失礼のないように時間を取るようにして、ストレスがたまってしまうんじゃないのかなって。

断ったら失礼だ、自分だって断られたら辛い、断ったら相手は機嫌を損なうんじゃないか、断るのにはどうもっていけばいいんだろう、あー、断りたい、という具合に。ただ、「ちょっと、僕の都合に合わない」と一言言ってしまえば済むことにでも、いろいろと考え込んでしまうかもしれない。そしてついには、こういうことを考えなくてはならないのが面倒だと、人との交際が億劫になったりすることもあるかもしれないね。

日本では、礼儀や義理などをお互いに考えすぎて、人間関係やものごとがややこしくなるような感じがする。もっとざっくばらんにそれぞれ個人の自由を認め合って、気軽に行動すればいいだけなのにと、おせっかいにもドイツでやきもきしたりしている。

二十一　日本の子供

ドイツの子供達は、自由に暮らすための社会の規則や責任について早くから教えられる。日本の子供達は、お互いに協調し合って暮らせるように、早くから教えられるみたいだね。

日本に引っ越してまもなく幼稚園に入園したボボはしばらくすると、「幼稚園に行きたくない」と言うようになった。「みんなでするザリガニごっこがいやだから。行きたくない」ザリガニがカエルに噛みついて、カエルが死んでしまう、次にカエル役をした子がザリガニになって、別のカエルを殺す。カエルを殺すのがいやだから幼稚園に行きたくない、と毎朝いつまでも制服を着ないでグズグズしていた。ママは、ある朝ボボを幼稚園に連れて行ったときに、先生に聞いてみた。

「見学ということはできないでしょうか。ただの遊びでも殺す真似をしたりするのはいやだ、という本人の気持ちを尊重したいんですが」

先生が答えた。

「例外を許したらきりがないので例外扱いはしません。ただのお遊びですから。自分がいやなことでもする、ということに慣れるのも大切ですし」

ボボはその前の年、日本に引っ越す前に四ヶ月だけ、ドイツでナナと一緒に幼稚園に通っていた。その幼稚園はカトリック教会の隣にあって、カトリック信者でなくてもだれでも入れて、月謝は家庭の収入によって、自分でいくらぐらい払えるという申告制だった。九月から一週間に一人か二人ぐらいしか新しい子供を入園させなかった。まだ小さい子供が、ゆっくり新しい環境に慣れられるように、先生達もじっくりと子供のようすを見られるようにという配慮からだった。一クラス二十人に満たない子供達の教室には、積み木のコーナー、粘土のコーナー、図工のコーナー、朝食をとるコーナー、ままごとのコーナーなどがあった。家から持っていったパンの朝食をとった後、自分達でガラスのお茶碗を洗う子供用の流しや、お茶碗をしまう戸棚まであった。午前中の半分はそこで過ごして、後の半分は庭であれこれ自由に遊んだり、ゲームをしたりして午前中が終った。毎朝幼稚園に行くと、子供達はまず、自分は何をしたいか考えなくちゃならない。何をするか決められない子もいる。「なにしたらいいか分かんないー」「じゃあ、一緒に図工をしてみる？」

先生の出番はそんなときや、喧嘩の成敗などのときだけだった。

ボボは四ヶ月だけだったけど、ドイツの幼稚園で自分の意思を見つめる練習を毎日した。それから、日本の幼稚園に入って、今度は自分の意思は無視して、みんながやることを一緒にやるという訓練に切り替えなければならなくなったんだ。四歳の子供にはちょっと目が回るようなことだったと思わない？

ボボは毎朝だだをこねた。「ザリガニごっこがいやだ」「幼稚園に行くのがいやだ」

そこでママが言った。

「じゃあ、ドイツ学園の幼稚園に替わりたいか、見に行こう」

幼稚園を一日休んで、電車に乗って、ドイツ学園の幼稚園を見学に行った。そこは、なつかしいドイツ式の自由な幼稚園だった。図工をしたり、積み木をしたり、人数が少ないから先生も気を配ってくれて、いろんなことを自由にやった。三歳になったばかりの僕も一緒に、午前中いっぱいドイツ語で遊んだボボはかなり満足していた。帰り道にママが言った。

「何日かかってもいいから、どっちの幼稚園に行きたいか自分で決めてね。ドイツの幼稚園は、家の前までバスで迎えに来てくれるから、心配しなくていいのよ」

その日、ボボは幼稚園のことは、一言もしゃべらなかった。次の朝、さっさと幼稚園の制服を着て一階に降りてきたボボは、久しぶりに元気いっぱいに言った。

「ママ、マツダのお兄ちゃんがいるから、私やっぱり日本の幼稚園に行く！」

自分でそう決めてからは、ザリガニごっこのことも何も言わなくなった。ボボはどうやってそう決めたんだろう。用務員さんのマツダのお兄ちゃんは、いつも優しくにこにこして、忙しそうに駆け回っている大の人気者だった。ザリガニごっこがなくて自由にできるドイツの幼稚園で半日過ごしてみた後、ボボは一所懸命一人で考えたんだね。ザリガニごっこをしなくちゃならなくても、あまり自由にできなくても、マツダのお兄ちゃんのような心の拠り所になる人がいる幼稚園の方が、小さかったボボには心地よかったのかな？小さかったから、自由だの何だのというよりは、だれかにゆったりと心身をゆだねて過ごせる近くの幼稚園の方がいいと思ったのかもしれないね。

ね、おじいちゃん、日本とドイツの子供達は、そんなふうに始めから全然違った教育をされるんだ。砂場でも幼稚園ででも、自分がなにをしたいかを常に自分に問いかけないとならないドイツの子供達が、学校に行って、自分の意見を持って、発言できるようになるのは当然だと思わない？

二十二　校庭のフリーマーケット

おじいちゃんは、僕達孫三人が、ドイツと日本と両方の国に住むことで、宙ぶらりんの人間になるのが心配だったんだよね。僕達が小さかった頃、パパが駐在員としてドイツから日本に行けるように会社に働き掛けたとき、電話をかけてきて言ったんだってね。

「そんなに日本に住もうって考えなくてもいいのに。あっちの国に行ったり、こっちの国に行ったりしたら、子供が苦労することが多いようだぞ」

娘の家族が国内に住んだら本当は嬉しいはずなのに、心配の方が先立ってしまったみたいだね。いかにもおじいちゃんらしいね。

日本に引っ越してから二年経って、僕が幼稚園生になると、ママはナナのクラスのPTA広報委員になった。

「日本のゴミの中にはもったいないような物がよく捨ててあるのに気が付きました。フリーマーケットをやって、物の大切さを子供達に訴えてはどうでしょう」

広報委員会で提案すると、みんなが賛成してくれた。早速ＰＴＡ総会で広報部代表としてフリーマーケットの意義を説明した。それに続く話し合いを聞きながら、ママは提案者として張り切っていた気持ちがスーッと引いていくのが分かった。一時間以上次々と反対意見が出たからだ。「校庭でお金のやり取りをするのは問題です」「親に内緒で子供が物を売りに出したら困ります」「校庭で中古物の販売をするのはどうも問題です」「前例がないから問題です」「あなたはもう日本人じゃないからそういう考え方をするのです」「あなたはドイツに帰る人だから、そう簡単にものごとを考えるけど、前例がないことをするというのは大変なことなんです」

もう日本人じゃないとまで言われてしまったママは、目の周りがヒクヒクしてきたらしい。ＰＴＡのお母さん達のマイナス思考に失望して言った。

「申し訳ありませんでした。そんなに問題になるとは思いませんでしたので提案しましたけど、よく分かりました。広報部からのこの提案を取り下げます」

すると、それまでずっと黙って聞いていた校長先生が発言した。

「いや、ずっと皆さんの意見を興味深く聞いていましたが、私としては、このことは非常に意義のあることだと思います。やってみましょう。学校側にもセールに出す物は沢山あります。忘れ物の傘なども山のようにあって困っているぐらいです」

フリーマーケットの実行委員長になったママは、広報委員のお母さん達や、フリーマーケットの実行委員に名乗り出てくれたお母さん達と企画実行に飛び回った。今は日本でもあちこちでフリーマーケットがあるけど、十五年位前はまだそういうのはあまりなかったみたいなんだ。

当日の校庭は熱気でムンムンするぐらい、みんな張り切っていた。ちょっとしたお祭りの雰囲気さえあった校庭に、新聞記者まで登場したのには驚いたけど、当時はそんなことを学校でやったのが画期的だったのかもしれない。校庭中に並んだお店は、クラス単位だったり、友達同士だったり、親子だったり、お母さん達だったり、数え切れないぐらいいろんなグループがいた。引っ越しの不要物がかたづいて助かった、いただいた引き出物が溜まって困っていたからよかった、子供の洋服がもったいなくて捨てられなかったからよかった、読んでしまった本がじゃまだったからよかった、とみんながすごく喜んでいた。先生も長年の忘れ物の山が処分できたと喜んでいた。

ママの知合いのドイツ人がようすを見に来て、「ちょっと値段が安すぎるわね」と印象をもらしていったけど、それでも、売上は堂々二十五万円。そのお金は五つの福祉施設に寄付できたし、売れ残った洋服でちゃんとしているものは、別の福祉施設に送って利用してもらった。一時、家の庭先に積まれた売れ残りの山、僕は今でもよく覚えている。

校長先生まで、「我が校の伝統にしましょう」と満足していた。だってそうだよね。じゃまだからと捨てられてゴミになってしまったかもしれない物が、またほかの人の役に立つ。利用する人は、欲しかった物が安く手に入って嬉しい。おまけに福祉施設に寄付までできてしまったんだものね。

次の年、残念ながら僕達はドイツに帰ることになった。次に実行委員長になる人がどうしても見つからなくて、校長先生も転任になってしまった。だから、それはたった一回だけの〈校庭のフリーマーケット〉になった。

ね、おじいちゃん、日本人はものごとをあまりにもむずかしく考えすぎるような気がするんだ。あれもできない、これもできない。そう簡単にはいかない。前例がない。もしなにかあったらとか、もしなにか言われたらとか考えすぎて、結局、行動を起こすのをためらう。ちょっと悲観的すぎる。もっとみんなリラックスしてやればいいんだ。試行錯誤という言葉だってあるんだし。もうちょっと前向きに「やってみよう」と思ったらいいのに。みんなただの人間なんだから失敗して当たり前、始めから完全なんてないんだし。なにかおかしいんじゃないかと思ったら、そのおかしいことを変えようとしてみることはなにも悪いことじゃない。そんなとき、「でも世の中はそうなっているんだから仕方がない」ということばかり言っていたら、やっぱり行き詰まりを感じる人が出てきてしまうんじゃないかと思うんだ。

日本のニュースで自殺者が年間三万人と聞いて、僕はすごくびっくりした。その三万人それぞれに、苦しくて悲しい人生ドラマがあって、その三万人を失った家族、両親や配偶者や子供、親戚や友達の悲しみがその後に続く。この世に生きてさえいれば、あったかもしれない家族や友達との嬉しい笑顔や会話。目にしていたかもしれない朝のさわやかな太陽の光、雨だれの音、気分に合った音楽。心の慰めになるもの、この世にとどまる意義、そういったものを見出さないまま、三万人という大勢の人が、僕には信じられないような決断力で、自らの命を絶ってしまう。

ものごとがうまくいかなかったり、失敗したり、自分に自信が持てなくて将来に絶望したりすると、日本人は、「もういいや」「いやになった」とあきらめる率がすごく多い、と僕は思う。穏やかな日本人が、最近、自殺だ、殺人だと極端な行動に走りやすいのは、そんな行き詰まりからじゃないかと考えてしまうんだ。

おじいちゃん達の世代は、歴史の中で大きな荒波を越えてきたから、「ま、後はみんなでなんとかやってくれ」と達観できるかもしれない。問題はなにも苦労したように見えない世代の人達なんだ。日本社会はいろんなことが不透明のまま、すべてが整いすぎて、がっしりとした枠ができちゃっている。だから、それが重荷になって、本当の意味で「自分の人生を生きる」ことができない、と感じている人達がいるんじゃないのかな？

僕はドイツの森で犬のアキとテディと散歩しながら、自然の表情の豊かさに心から感動することがある。そんなとき、自殺をした三万人という数の人々のことを考えてしまう。あの自然の美しさを、僕の知らないその人達に見せてあげたかった。聞かせてあげたかった。

耳を澄ますと聞こえてくる鳥のさえずり。道に沿って流れている川からは、水中から顔を出している石や小枝にぶつかりながら、川の水が奏でる音楽が聞こえてくる。その水の音色に耳を傾けているうちに、雨あがりで新鮮にみえる森の中の多様な緑色の葉に目を奪われる。その美しさに見とれていると突然、太陽の光がスポットライトのように差し込んできて、一瞬のうちに、その緑色をさらにさまざまな色に照らし出す。表面いっぱいに光を受けて輝く透きとおるような若緑の葉。その下でチラチラと薄い光を浴びて揺れる深緑色の葉。まったく光が当たらないで黒っぽくさえみえる斜め上の葉は、まるで光を待ち焦がれるかのように小枝に身を委ねて伸びている。僕が見とれているあいだにも、日の光は角度を変えて濃緑色だったその葉をも銀色に変えてしまう。

生きてさえいれば、この世ならではのそんな自然の小さなことが、大きな慰めになったかもしれない。生きてさえいれば、そのうちきっと、生きる価値を見出せる何かが見つかったかもしれない。それなのに、自ら死ぬという道を選んでしまった。それまでに、その人達に、どんな苦しみと悲しみがあったんだろうと想像するとき、僕は言葉を失う。「死ぬんだ」というその勇気とエネルギーがあったら、どうしてそれを生き続ける方に使えなかったのだろうか。

二十三　ドイツ人のたくましさ

ドイツ人はたくましい。それは、自然と近い関係を保っているからかもしれない、なんて思うことがある。

僕達の家の近くの森には、おじいちゃん達も散歩に行ったことがあるよね。ドイツ人は散歩が好きだから、お天気のいい日曜日などには、家の前の道路は森に行く家族連れ、老若男女の友達同士、サイクリングの夫婦や家族でそれはにぎやかだ。おじいちゃんが来たときにも見たじゃない？

日曜日の朝はみんな寝坊してゆっくり朝食を取るから、だれも外を歩いていない。おじいちゃん、あきれ顔で毎回聞いたね。

「静かだな。みんなどこに行っちゃったのかな」

「みんな寝てるか、食べるかしてるのよ」

ママがいつも同じように答えていた。そして決まったように、午後になると急に、自然の中で休日を楽しもうという人で、外がにぎわってくる。

ママはオミのアドバイスもあって、ドイツ人の母親がみんなするように、僕達が生まれて退院すると、次の日から乳母車を押して散歩をした。

寒い寒い真冬に生まれたナナにしっかり布団をかけて、毎日一時間は新鮮な酸素を吸わせるために散歩をした。翌年のカンカン照りの真夏にボボが生まれたときも、同じように乳母車に寝せて、まだ一歳半だったナナを乳母車の上に取り付けた椅子にちょこんと乗せて、二人の子供を毎日毎日散歩に連れ出した。その翌々年の春の復活祭の日に僕が生まれると、今度はまだ二歳になっていないボボが乳母車に取り付けた椅子にちょこんと座る番だった。ナナは人形用のバギーを押して、そんな親子四人でそこらじゅうを散歩した。

気持ちのいいうららかな毎日、僕は酸素を十分吸って、ナナとボボは自分の目、耳、鼻でこの世を発見していった。ゆったりと散歩しているおじいさん、ショッピングカーを引っ張る買物帰りのおばさん、転んで泣き出した子、小さい体を丸めてなにかの虫に見入っている子供達、歩きながらけんかをしている子供達、犬、鳥、馬、車。それはなにもかも動く絵本だった。ページをめくらなくても、ひとりでにシーンが変わっていく、終わることのない大きな〈社会〉という絵本だった。

散歩の後は、毎日、暑くても寒くても、外で飛び回って遊んだ。とことん遊んだ。毎日くたくたになるまで遊んだ。道端の草に触っても、道端でハイハイしても、水たまりの泥水で遊んでも、「汚いから止めなさい」と言う人はいなかった。散歩の途中で草や鳥をジッーと眺めて動かなくても、「早くしなさい」と言うお母さんはいなかった。「子供のときの時間はゆっくりと流れるべきだ」と、ドイツの大人達は知っているようだった。だから僕達は知ってる。「生きているのはいいものだ」と。なにをやってもうまくいかなくて、むしゃくしゃしたり、失望したりしても、それでも信じられる。「この時期さえ過ぎれば、またいいときが来るんだ」と。

ドイツ人の強さ、したたかさは、きっとこれなんじゃないかな？　人間が作った世の中ばかりじゃなくて、与えられた自然にもしっかり触れていれば、僕達は単に社会の一員というだけじゃなくて、地球上の命ある存在としての自分が見えてくると思うんだ。

そしてもうひとつ。ドイツ人のたくましさは、「自分のこと、自分の人生のことは自分で決める」という意識の強さから来ているのかもしれない。

パパがタバコを手にしたのは、十四歳の誕生日だったそうだ。パパのお母さん、オミは、誕生日のプレゼントを置いたテーブルの上にタバコも一緒に並べたんだって。オミは、「これなに？」と怪訝な顔で見ているパパに言った。

「あなたはもう十四歳で、自分で考えることができて、自分の身体は自分で守れるぐらい大きくなったんだから、タバコだって吸いたいんだったら吸ってごらんなさい。自分の身体のことは自分の責任で気をつけるのよ」

パパは、それだけ大きくなった、と信頼されたのが嬉しくて、早速そのタバコを午後中ずっと吸っていた。おいしいとも思わなかったし、そのうちに頭がガンガン痛くなってきて、その結果、二度とタバコを吸いたいと思わなかったんだって。パパは同じことを自分の子供達にもしたくてワクワクして、僕達三人が十四歳になるたびに聞いた。

「さて、誕生日用のタバコは何の銘柄にしようか？」

幸か不幸か返事はいつも同じだった。

「お金がもったいないから、いらない」

おじいちゃん、子供なんて、単純だよね。「だめ」「だめ」と言われたら、かえってそれをやってみたくなるんだから。そのくせ「どうぞどうぞ、好きなようにやっていいからね、そのかわり、自分の責任だからね」と言われたら、急に怖じ気づいてしまうんだ。人のせいにできないで、自分で責任を取るというのはかなりしんどいことだものね。実際に自分の好きなようにやった後、その結果がどうなるか、自分に何が起こるか、自分がどう思うか。何の保証もない。うまくいけばいい。でも、うまくいかないとき痛手を負うのは自分だから、やっぱりやりたいと思うことについて、じっくり考えてみることになる。そして、自分がこれはどうしてもやりたい、と確信できることだけをやるようになる。自分で決めて自分の責任でやれば、結果がどうなっても満足だけはできるかもしれない。その満足を経験しながら、僕達は自分が大人になったという自信をつけられるんだと思うんだ。

日本では親達が、子供を守りたくて最初から心配して、「あれはだめ」「これもだめ」と口から出てしまうみたいだね。行動の自由を阻《はば》まれる子供達はストレスでいっぱいになる。「じゃあ、僕、どうしたらいいんだ」と、切れてしまうのも分かるような気がするんだ。親だって子供のことを思って言うのに、分かってもらえないばかりか、不満顔の子供の心が離れていってしまうと寂しい思いをするんでしょう？　それを思うと辛いね。親の愛が子供にうまく届かない。でも、心配ばかりして、自由にやらせなかったら、子供はなにも体験できない。せっかく生きているのに、あれこれ縛られたら、生きていることに意味が見出せないのも、生きていることがありがたく思えないのも、僕よく分かる気がするなー。

ママの友達が、カトリック教会系の病院でお産をしたときに分娩室に飾ってあった言葉のことを話していた。

〈畏敬の念で迎え入れ、愛で育み、自由に放つ〉

これはすごい言葉じゃないかな。僕が言うと、子供のくせに生意気かもしれないけど。〈愛で育《はぐく》む〉ということは、愛でがんじがらめにすることではなくて、愛で包むことだ。「転んで怪我したら危ないから、止めときなさい」と言うんじゃなくて、転んで怪我したら、「痛かったね。今度はこういうふうに気をつけたらどうかな」と撫でてあげることだと思うんだ。僕達は親にはそうして欲しいんだ。愛があるんなら、手を、口を出したくても、我慢して、僕達にやらせてみて欲しいんだ。僕達は、自分の可能性を試してみたくてウズウズしているんだから。自分の生を生きてみたいんだから。そして〈自由に放して〉もらいたい。愛を感じて暮らしたところに、僕達はきっとまた戻ってくるんだから。あれこれ言わないで、「じゃあ、やるだけやってごらん」と信じて、放してもらいたいんだ。親が僕達のことを気にして見ていてくれることを知っていたら、「うまくいったよ！」とか、「だめだった！」とか報告したくて、僕達はまたちゃんと帰ってくるんだから。

二十四　ドイツに帰る

同じ人間なのに、生まれてきたときは同じはずなのに、育て方次第で、ドイツと日本でだいぶ違ってくるんだね。人間は環境によっていろいろと左右されるんだから、大人にはもっと長い目で、僕達のこと考えてもらいたいんだ。子供でいるのは長い人生のほんの一時期なんだから、もっと遊ばせてもらいたい。子供は何もなくても遊びを考えつく天才なのに、この頃は何もない空間も遊ぶ時間もない。豊かな世の中では、どんどん課題を与えないと子供が伸びないみたいに考えるらしいね。

日本に住んでいた頃、周りの子供達はみんな音楽、スイミング、体操といろいろな教室に通って、幼稚園や小学校の後も忙しくしていた。不安になった僕のママも、ナナ達にピアノやスイミングを習わせ始めた。ナナは日本の学校に入学した頃は、「またドイツに引っ越しても、私は飛行機で日本の学校に通いたい」と言うほどだった。でも、三年生になると、だんだんに疲れてきた。「宿題したくない」、「スイミングに行きたくない」といつも本ばかり読んでいた。もう子供っぽい遊びの時期は過ぎてしまったのかもしれないと思ったママは、ナナの誕生日に本をいっぱいプレゼントした。プレゼントを開けながら喜んでいるようにみえたナナの目から、涙がボロボロこぼれてきた。

「ナナ、どうしたの？　プレゼント気に入らなかった？」

おろおろして聞くママに、ナナはしゃくりあげながら言ったんだ。

「ママ、私、本大好きだけどね、ほんとに大好きだけどね、まだ子供だから、なんかただ遊ぶだけの物っていうのも欲しいのよ」

ひょっとするとナナは本ばかりのプレゼントを見て、とりとめのない遊びをして過ごす子供時代の終わりを感じてしまったのかもしれない。ナナの涙を見て、ハッとしたママはあわてて言った。

「はい、みんなで自転車に乗って、ダイエーのおもちゃ売り場でナナになにか見つけよう！」

ダイエーのクレープが大好物だった僕は、もちろん先頭になって走った。

大人しくてにこにこしていたナナに、先生も友達も優しかったから、ナナは学校生活を楽しんでいるようだった。でも、だんだんとママにはナナの変化が見えてきた。なにかあるとママは僕達に、「あなた達はどう思うの？」と聞くことにしていた。そんなときでも、ナナはまず始めに「ママはどう思う？」と聞くようになってきた。ママは考え込んでしまった。後々ドイツ人として生きていくのに、自分はどう思うかじゃなくて、まず「ママはどう思うの？」と考え始めたら困るんじゃないかと。そして、子供達がドイツ人として育つべきなら、母親が日本人の場合は、ドイツに住むしかないんじゃないかと。

そんなわけで、僕達は、あと十ヶ月日本勤務のあるパパを日本において、ナナがドイツの小学校の最終学年（四年生）に間に合うように、ママとドイツに戻ってきた。誕生日が三週間遅くて、僕は日本の小学校に入学することができなかったから、それはすごく残念だったけど。

ドイツのオミの家に住み始めた僕達のところに、まず始めに日本から来たお客さんは、日本で超一流大学のスポーツマンらしい学生だった。ドイツに戻ったばかりだったママは、その学生と、日本とドイツの文化、社会の違いのことなどを熱心に話した。

「ドイツでの暮らしは人それぞれ自由だけど、その分、何をするか、いろいろと自分自身でイニシアチブを取らないと、生まれました、生きました、死にました、になりかねないわね」

とママが言ったら、その学生が答えたんだって。

「そうですか。じゃあ僕には、日本の暮らしの方が楽でいいですね」

その学生が言ったことをママから聞いて、僕はびっくりしてしまった。今その学生と同じぐらいの歳になった僕は、人生という大きい白紙に、どんな絵を描いていこうか、とそれは楽しみだ。何を描いていいか分からないから、面倒だから塗り絵みたいにあらかじめ下絵が描いてある紙の方がいい、とは決して思わない。

おじいちゃんだってそうだったよね。「……男だから、行きたいのは山々だった。東京に行って自分の力を試してみたかった……」そう言ったことあったじゃない。若いときは、自分の人生のことをいろいろ考えて楽しみなんだよね？

二十五　違う物差し

三年半日本で暮らした僕達がドイツに戻ることになったあの引っ越しは、おじいちゃん達には寂しいものだったろうね。それまでは休みになると、ちょっと遊びに行くことができたけど、それもできなくなってしまったものね。そういえば、一度、おじいちゃん達を喜ばせようと、予告なしで車を七時間走らせて訪ねて行ったことがあったね。

「おじいちゃん、おばあちゃん、こんにちは！」

「えー、よく来たなー」

突然庭先に現れた僕達の顔を見て、二人とも顔中くしゃくしゃにして喜んだね。

僕達が急に訪ねて行けば、前もってご馳走のことや、一緒に何をしようか考える面倒が省けるから、おじいちゃん達にとっても、きっと楽でいいんじゃないかとパパ達は考えたらしい。家族同士は顔を見るのが何よりも嬉しいんだから、別にご馳走のことなんか心配しなくていいんだから、とね。でも、おばあちゃんとおじいちゃんは、僕達の顔を見たとたんやっぱり、ご馳走の用意や、布団の用意であたふたし始めてしまった。少し落ち着いて、みんなでお茶を飲んでいると、にこにこしながら僕達の顔を見て言ったんだよね。

「まあ、突然来て喜ばせてくれるのはありがたいんだが、待つっていう楽しみもなかなか好いものだからなー。その楽しみを奪わないでくれよ」

それは、いかにもおじいちゃんらしい的を射た言葉だった。

おじいちゃんのその一言で改めて気が付いた。ものごとには、人によって、本当にいろんな見方や考え方があるということをね。

人の立場によって、ものごとの受け止め方が違うというのは、文化や習慣の違いがある場合、もっとはっきりする。それを僕が痛感したのは、長野オリンピックの後、ドイツの新聞記事を読んだときだった。ドイツ人の金メダリストが、インタビューに答えていた。

「日本人はあんまり礼儀正しくて親切すぎて、イライラするほどだったから、いまドイツに戻ってきてやれやれとホッとしている」

僕は驚いた。ちょうどその二、三日前に、ＡＲＤ放送局のオリンピック現場アナウンサーが特別放送の終了を告げたときの言葉がとても好意的だったからだ。

「視聴者のみなさん、最後に一言だけ是非加えたいことがあります。この長野オリンピックの期間中、選手代表はもちろん、報道担当の私達は、日本のみなさんのきめ細やかな接待ともてなしに感動し続けました。このことを特別に皆さんにお伝えして、この二週間に亘ったオリンピック特別番組を終了したいと思います。御視聴ありがとうございました」

〈是非加えたい……〉〈感動し続け……〉〈このことを特別に……〉その強調した表現は普段のアナウンサーのコメントとしては、めったに耳にしないものだった。あのアナウンサーは、どうしても日本人の親切さを視聴者の前で公にしたかったんだね。その挨拶は、開催国としての日本人の骨折りに対して最大のねぎらいのように僕には聞こえた。なんといってもおじいちゃん達の国が特別にほめられたんだから、すごくいい気分だった。

だから、日本人の親切さ礼儀正しさについて、全く違う意見の新聞記事を読んだときの僕の驚き、おじいちゃんも想像できるんじゃないかな？　あの記事が日本語になっていたら、長野でオリンピックを成功させようと一所懸命になっていた人達、がっかりして寝込んでしまったかもしれないね。

その新聞の記事を読んだママが言った。

「ね、これはちょっと、きついんじゃない。せっかく熱心にお客さんの選手達が快く過ごせるようにと思ってやっているのに、そのようすにイライラしたなんて。この選手はきっと成績のことばかり頭にあったから、人の好意まで自分の集中力を妨げる対象にしか思えなかったのかもしれない。友達のバーバラが言っていたわよ。《昔日本に住んでいた頃は子供が小さくて育児で頭がいっぱいだったから、日本文化のことはあんまり考えもしなかったの。もし今日本に住んだとしたら、もっといろんなことが理解できたり勉強できたと思うのよ。そう思うとちょっと残念ね。もう、日本に住む機会なんてないしね》って。人間はそのとき置かれる状況や気分、状態によって、受け入れられることや理解できることが違うのよ。なにかに夢中になっていると、そのとき何の音楽が流れていたか全然気が付かないことがあるのと同じでしょ。この選手もきっとずっと時間が経ってから、日本人の親切さがなつかしく思い出されるかもしれないわよ」

僕もその記事を読んで、最初は「えっ、そんなふうにとる人もあるのか」と思った。でも、それから思いついたんだ。多分あの《日本人の親切さにイライラした》選手は、あまりべたべたする人間関係が、もともと好きじゃない人なのかもしれないって。サバサバして簡潔極まりない対人関係が好きなドイツ人（あるいは外国人）には、日本人の礼儀正しさが負担になることもあると思うんだ。特にそれが過剰気味の礼儀正しさとか、親切さだったらね。

ある程度の礼儀をわきまえることは、もちろんドイツ人にとっても、社会の一員として大切なことだけどね。でも、率直な対人関係に慣れているドイツ人には、過度の礼儀正しさが、なにか本心そのものじゃない、裏があるんじゃないかと見えることもある。これは逆に、日本人がドイツ人のさっぱりした態度を物足りなく思ったり、無愛想だと思ったりするのと同じかもしれない。

良かれと思って何かを他の人のためにしても、他の人が本当にそれを望んでいるとは限らないものね。僕は、おじいちゃん達を喜ばせようと急に訪ねたときの反応で、それがよく分かったんだ。人の立場になってみないで、自分の物差しだけでものごとを見ると、他の人の考えや振舞いに腹が立つこともあるしね。家族の間でも、日本人の間でも、それから外国人に接したりするときでも、人それぞれに気持ちと考えと事情があるということを頭に置けば、僕達はお互いにもっとよく理解し合えるんだけどね。

二十六　おじいちゃんの〈日々是好日〉

おじいちゃんのベッド際で過ごしたあの日々、あの〈とき〉は、特別な流れ方をした。おじいちゃんの顔を眺めながらいろいろなことを考えているうちに、〈とき〉が過ぎていった。

おじいちゃんが、ときどき僕達がいるかどうか確かめたいのか、一所懸命目を開けようとしているのに気が付くと、「おじいちゃん」とみんなで声を掛けて手や腕や肩をなでたりした。二週間足らずしか日本での時間がない僕達にとって、それは毎日がお別れの儀式のようなものだった。「いつ急変があるか分からない」というお医者さんの言葉に、ひょっとしたら、おじいちゃんのお葬式まで立ち会うことになるのかと想像しては胸がドキドキしたりもした。いろんな矛盾した気持ちでいっぱいだった。そばに僕達がいる限りおじいちゃんは嬉しくて、頑張ってしまうのではないかという気もした。せっかくドイツから来たんだから、おじいちゃんの人生の最期を見届けたいという気持ちも、僕には少しあった。

それは、ちょっと、利己的なすごくひどい考えのように聞こえるかもしれないけど、おじいちゃんはもしかすると、ドイツから飛んできた僕達に囲まれてさよならするのが一番嬉しいんじゃないかという気もした。でもやっぱりおじいちゃんの顔を見ていると、そのまいつまでも生きていて欲しいと思った。

そのうちに今度は、おばあちゃんが目の感染症で急に別の眼科病院に入院しなければならなくなった。おばあちゃんはアルツハイマーなので、知らないところに急に連れて行かれてパニックになったら大変だからと、叔父さんや伯母さん、ママと僕達で交代に二つの病院の付き添いと泊まり番をすることになった。おばあちゃんの付き添いをしているときに、ママから「早くおじいちゃんの所に来て！」と電話があって、夢中でおじいちゃんの所に駆けつけたりしたこともあった。あの一週間は、二つの病院を行ったり来たりして、気分的にもかなり緊張した日々だった。

それなのに、ドイツで過ごす日常の時の流れとはまるで違って、早いとか、遅いとか、そういった感覚がまったく感じられない不思議な枠外の時間だった。あの十二日間は僕の人生の中で、おじいちゃんとおばあちゃんだけに捧げた特別な時間だった。

おじいちゃんがもうすぐ死んでしまうかもしれないという切羽詰った思いで日本に向かった僕達。それからひたすらベッド際で過ごした〈とき〉。点滴の調整や体温を計りに出たり入ったりしていた看護婦さん達。昼食を買いにコンビニに行くまでの街のようす。窓から眺めた人や車の行き交い。眼下に広がっていた家やビルの風景。病院内での患者さんやお見舞い客の姿。僕達にとっては、それがあの日々の内容だった。

あの静かな日々、僕はママから以前聞いたことのある〈日々是好日〉という言葉を思い出していた。ママが子供の頃、茶の間の壁に掛けてあったかぼちゃときゅうりの絵。そこに添えてあった言葉が〈日々是好日〉だった。それは日常の暮らしの中の何気ないことにも生きる重みを感じて、〈生〉に対する喜びや、少なくとも肯定する気持ちを言い表すものだ、と説明してくれた。ドイツにはそんな特別な表現はないけど、人生そのときそのときをありのままに味わうということは、ドイツ人にもよく分かると思う。

おじいちゃんが目の前で穏やかに息をしていたとき。おばあちゃんの眼が日に日に回復して、僕達を見るとにこにこ笑って喜んでくれたとき。まじめな看護婦さんがやっと笑みを浮かべたとき。別な病室から「死にたいよ！」と叫び声が聞こえてきたとき。バスに乗り遅れてがっかりした瞬間でさえね。嬉しいことや好ましいことばかりじゃなくて、悲しかったり、辛かったり、怒ったりするときでも、そのときそのとき、それなりの生きている息吹を感じるということ。そして、とにかく、少なくとも〈生あること〉がありがたいと思えるとき。〈日々是好日〉というのはそういうことなんじゃないかと思った。

　ベッド際で〈とき〉が静かに流れていくのを感じながら、僕は〈日々是好日〉を実感した。酸素マスクをしながら孫に囲まれていたおじいちゃんにとってはどうだったんだろう？　はたして、人はどのぐらいの状態まで、〈日々是好日〉と感じながら生きられるんだろう？　そんなことを考え始めたら、僕はドイツのオミやアネッテ伯母さんのことを思い出さずにはいられなかった。

二十七　オミの〈日々是好日〉

おじいちゃんが、ひたすら眠っているのを見ながら、僕はおじいちゃんが積極的に、ママのドイツの家族とも関わり合ったことを思い出していた。始めはママ達の結婚に反対だったけど、結婚した後は、ママのドイツの家族のためになにかすることは、おじいちゃんにとってはこの上ない国際親善だったんだよね。

日独の親戚みんながまだ元気だった十七年前、ドイツのオミ（おばあちゃん）が僕達の住んでいる日本にやって来た。

おじいちゃんは叔母さんを通訳係にして四、五日の日本案内を計画していた。いつも周到な計画を練るのが好きなおじいちゃんは、ドイツの親戚であるオミのために特に念を入れた予定を立てた。ママは送られてきたその旅行プログラムの内容をオミに説明しながら「一緒に付いて行きたいぐらいね」と感心していた。

でも、その計画は半分実行できただけで、突然中止になってしまった。日本庭園を案内している最中に、オミが雨上がりで濡れていた庭石の上で滑って転び、右腕の骨を折ってしまったからだ。オミは日光へ足を伸ばす代わりに、日本の救急車の中を観察する羽目になってしまった。あわてて七時間車を飛ばしてオミを迎えに行ったパパに、おじいちゃんは「申し訳ない、申し訳ない」と言いながら、大事にしていた赤と白の実がついている盆栽を、お見舞いに持たせてくれたね。

オミは右腕を白い三角巾で肩に吊るして、僕達のところににこにこしながら帰ってきた。オミもおじいちゃんみたいに前向きだから、不自由でも「何も手伝えなくて悪いわね」と言いながら、日本での僕達孫との日常生活を楽しんでいた。ギプスが取れて元気になったオミは、江ノ島の大晦日と鎌倉の大仏さんの下でのお正月を楽しんだ。道中、今度はぎっくり腰になってしまったオミは、おじいちゃん達の家に、ぎっくり腰をお土産に行くような形になった。腰に手を当てながら、再来日を約束して、三ヶ月過ごした日本を後にするオミを見送ったおじいちゃん。「かわいそうなことをしたなー」と何度も繰り返していたね。

オミが転んだのはおじいちゃんのせいではないのに、日本人のおじいちゃんは責任を感じて「心臓が凍るような思いだった」と言っていた。狭心症があるオミは救急用の注射を持参して来日したと聞いていたから、なおさら責任を感じたんだね。

あの後、おじいちゃんは、オミに手紙を書いた。

《来日の際には、私共の不注意のために、あのような事故が起き、貴女様には大変不自由な思いを強いることになってしまいました。ここに心から、お詫び申し上げます。貴女様が転んで、救急車が来るまで、青い顔で「マイハート、マイハート（私の心臓）」と訴えていたあの日は、私共の人生の最悪の日でした。……》

「雨上がりだったから、足下を気をつけるように、ビーケアフル、ビーケアフル（気をつけて）って言ったんだが……」

しばらくの間、おじいちゃんは機会がある度にあの事故のことを口にしていたね。


それから二年。二度目の来日のとき、オミは親友のフリーデル小母さんを連れて来た。おじいちゃんはそのとき、オミ達二人を日光や東京、富士箱根に案内した。おじいちゃんが、オミと、フリーデル小母さんとブロークンイングリッシュでどうやってあの三、四日間、観光案内したのか、僕には想像もつかない。三人で楽しかったことはおじいちゃんから聞いたのでよく覚えている。「三人で汽車に乗っていたら、隣の席に座っていた人から、この外国人の夫人のどちらが奥さんなんですかと聞かれた」と笑っていたね。「急に雨に降られたから、フリーデルさんに二回傘を買ってあげたけど、フリーデルさんは見事に二本ともどこかに置き忘れてきて、私は傘の置き忘れの名人なんですよって笑っていたよ」と面白がっていた。

おじいちゃんにとって、あのとき日本観光案内を成功させるのは、どうしても果たさなくてはならない使命だったんだね。「今度こそ完璧な日本案内を」と張り切っただけあって、二度目の観光案内は大成功だった。おじいちゃんも満足そうに言っていたね。

「二人で楽しんで、よく笑っているようすはまるで女学生みたいだったなー」

その半年後、オミは右半身の自由を失い、話すこともできなくなった。脳梗塞のためだった。

ちょうど、僕達がドイツ人のパパ一人を日本において、日本からドイツに引越す予定を立てているときだった。その後の一年間、オミはリハビリ専門の病院に入院して、歩く練習、話す練習をした。

オミのリハビリが終わったその夏、オミとオミの親友二人を連れて、僕達はアルプスの山登りに行った。コンドミニアム式のアパートで、みんなでゆっくりと朝食をとった後、僕達が山登りしている間、オミと友達はゲームをしたり、おしゃべりをしたり、夜もおばあちゃん達三人を交えてにぎやかに食事をしたりした。子供三人対おばあちゃん三人というのは、和やかになってかなりいい組み合わせだ、とみんな喜んでいた。

オミにも山登りの気分が味わえるよう、なだらかな山道を車椅子を押して登ってみることにした。人間が手を入れない自然のあるがままの山の美しさは圧倒的だった。木々ののびのびとしたようす、道端に咲く黄色やピンクの素朴な山の花は、長い入院生活をしていたオミには特に新鮮に映ったに違いない。オミは動かせる左腕を斜めに上げては、「ヤー、ヤー」と喜びを表わしていた。

でも、ときどき、木の根っこや坂道でがたぼこと車椅子が揺れるとオミは不安になって、「ナイン、ナイン（いや）」と怖がった。パパが思いついて、ズボンのベルトでオミが落ちないように、オミを車椅子にくくりつけた。それを見ながら、フリーデル小母さんが笑いながら冗談に言った。

「アネリーゼ、あなた、息子に昔の仕返しされてるんじゃないのー」

みんなと一緒に、オミも久しぶりに大笑いをした。オミの身体が不自由になって初めての休暇。あれだけ楽しんでいるように見えるんだから成功だ、と僕達も満足だった。でも、夜、ママがパパに言っているのが聞こえた。

「フリーデル小母さん達が散歩に行っているあいだ、お義母さん、じーっと山の方を見つめていたの。だから、コーヒーを持っていってあげたら、山を眺めているんじゃなくて、ボロボロと涙を流していたのよ」

それと同じ涙を、オミは僕達の家に来ていたときも流していた。僕達が宿題をしているとき、オミはテレビの方に向けてある肘掛け椅子に頭をもたれさせたまま、居眠りをしているようなことがあった。一度オミが退屈するかと思って、「オミ、テレビつけてもいいからね」と言おうとようすを見に行った。オミは、眠っているのでも、退屈しているのでもなかった。僕が見たのは、涙がボロボロ流れて頬がぐしょぐしょに濡れているオミの顔だった。

リハビリが終って、僕達の家に来たりするようになって、日常生活が戻ってきたとき、多分オミは自分が失ったもののことを実感したのかもしれない。そこは、たとえ自分の子供の家でも、それは子供に頼る生活であって、一人の大人としての独立した自分の生活はもうできなくなってしまったのだから。

オミのそれまでの日常生活というのは、オミが自分の家で自分の意志で営むものだった。戦争未亡人として三人の子供を育て上げてからも、楽しみながら自分の仕事をして、いつも積極的にいきいきと暮らしていた。そんなオミが自分自身の力で築き、味わっていた〈日々是好日〉が、突然終わりを告げた。たった一晩で、自立して生きるのに必要な多くの機能が奪われてしまった。

七二歳でいろんな不自由を背負い込んだオミは、リハビリをしながら、自分に残された機能を使って毅然と暮らし始めた。朝の身支度は三十分かかったけど、オミにとっては一日で一番大きい仕事だった。

寝室からバスルームまでゆっくりと杖で歩き、バスルームでは背もたれのない丸椅子に座った。まだ動く左腕で自分で身体を洗って、洋服を着て、顔にクリームを塗って、香水をつけて。毎日のその儀式にオミは熱心だった。オミに合わせた障害者用の靴を履くときだけ、家族の助けが必要だった。

それ以外は、一所懸命なんでも自分でやろうとした。朝食のときお天気がいいのに気が付くと、自分からすぐに外に散歩に行こうかと切り出した。オミとママは雨でも降らない限り、毎日毎日散歩をした。僕達が学校から帰ってくると、静かだった家の中もにぎやかになったし、オミの相手をしてゲームをする孫もいた。オミにとっては、失望と悲しみの涙を流しきった後は、それなりの〈日々是好日〉だったのかもしれない。僕達にとってもあの頃はそうだった。かわいそうな〈SOSのオミのために〉なにか手伝ってあげたいと、僕達家族はみんな必死だった。だから、二ヶ月経って、伯父さんや伯母さんの家にオミが行ってしまうと、気が抜けて寂しいほどだった。

でも、またオミが僕達の家に戻ってきて、〈SOSのオミのために〉と家族みんなが頑張って、それが毎日続いて、そのサイクルが僕達の日常になっていった。一年、二年が経ち、五年もその日常が続くと、次第に〈SOS〉の気持ちが薄れてきた。オミ自身ももう涙を流すこともなくなったし、僕達も、もうあまり〈オミのために〉と優先的に過ごすわけでもなくなってしまった。

オミが僕達のところにいるときは、お昼ご飯を食べるときも、オミが分からないと寂しい思いをしてかわいそうだから、日本語じゃなくてドイツ語をしゃべること、と決めていた。始めは僕達も、そうだそうだと思っていた。だから、ママともドイツ語でしゃべった。でも、だんだん、ママとはやっぱり日本語でしゃべりたいと思うようになってきたし、ママもときどき日本語で僕達にしゃべったりしてしまった。「なんのことを話してるの？」というジェスチャーをするオミに、「ごめん、ごめん、どうってことないんだけどね……」ともう一回ドイツ語で説明したりして、かなりややこしいおしゃべりになった。

僕達は学年が上がるに従って、することも増えてきたし出掛けることも多くなってきた。僕達は歳とともに大きくなったから、オミを喜ばせる可愛いだけの孫達でもなくなっていった。

週に二回ある三十分のリハビリのための体操も、オミは始めは楽しみに頑張っていた。やれば少しは具合がよくなるかもしれないという希望もあったからだと思う。出張してくれるトレーナーのお姉さんに言われたとおりに、倒れる恐怖と闘いながら熱心にやっていたオミ。でも、それが三年、四年続いて、つくづくいやになってしまったんだね。やがて、老人ホームに入って車椅子で楽をしたいと言い出した。

僕達も同じようなものだった。〈オミのために〉とオミの心身を一番先に優先して、自分達の欲求を抑えて暮らしていくのに疲れてしまった。

〈慣れ〉というのは問題だね。あることに慣れてそれが当たり前になると、ありがたみも薄れるし、張り切る気持ちも弱くなってくる。おじいちゃんがよく言う、あの言葉。〈初心忘れるべからず〉なんだね、大事なのは。あの頃僕達はみんな「かわいそうなオミのために」という〈初心〉を忘れてしまった。オミも多分「子供達と孫達に囲まれてありがたい、頑張らなくちゃ」という〈初心〉を忘れてしまったかもしれない。みんなそれぞれの立場で、疲れていた。あの頃は、家族みんなが行き詰まっていたかもしれないから、僕は〈日々是好日〉のことはなんとも言えない。若い僕達にはもちろん〈日々是好日〉だった。学校や、友達といろいろと楽しいことがあったから。でも、子供の家を行ったり来たりしていたオミが、どう感じていたか、気分的にかなり疲れていたママが、どう感じていたか、僕には分からない。

おじいちゃんは、オミが半身不随になってしまってから、電話で話すときは、いつも聞いてきたよね。

「オミはどうしている？」

そして続く言葉はいつも同じだった。

「かわいそうだなー」

二十八　アネッテ伯母さんの〈日々是好日〉

おじいちゃんは、ドイツでのママの結婚式で、パパのお兄さん、デトレフ伯父さんの婚約者としてアネッテ伯母さんと出会った。結婚式の翌日、デトレフ伯父さん達にローテンブルクに案内してもらってから、おじいちゃんにとって、デトレフ伯父さんもアネッテ伯母さんも、もう他人とは思えなくなった、と言っていたね。ドイツの僕達の家に泊まりに来たときも、アネッテ伯母さんの子供達に、それぞれの名前を漢字で筆で書いたTシャツをお土産にして喜ばれた。いとこ達はあのTシャツを今でも大切に着ているって言ったことあったかな？

パパ達兄弟で交代に、オミの介護をする体制に入ってから三年位して、また家族に〈SOS〉が出た。

アネッテ伯母さんがガンになってしまった。

乳ガンになった人に、半身不随の老人の面倒を手伝ってもらおうなんて、だれも思ったりしないのに、アネッテ伯母さんは優しい人だから、すごく気にしていた。

「ごめんね。私、あまりお義母さんの面倒見られなくなってしまって」

オミはオミでアネッテ伯母さんの病気のことを知ってからというもの、いつもいつも「イッヒ（私）、イッヒ」と悲しがった。オミは、アネッテ伯母さんの代わりに自分が病気になりたいという気持ちだった。四人の子供の母親であるアネッテ伯母さんじゃなくて、何も役に立てない自分が代わりに病気になりたいという気持ちだった。それを言い表せないから、いつもママの顔を見ると「イッヒ、イッヒ」と左手で自分を指差しては涙を流していた。


アネッテ伯母さんだって、きっと思ったに違いない。「どうして私がガンにならなくちゃならないの？　子供だって小さいし、しなくちゃならないことがいっぱいあるのに」って。

それは、おばさんの四十歳の誕生日直前だった。突然、入院して手術を受けることになったから、予定していた誕生会を取り止めにするという電話があった。

誕生日のお祝いの代わりにお見舞いに行ったママに、アネッテ伯母さんが話した。

「お医者さんが病室に入ってきて言ったのよ。《実はですね、あなたにはガンがあるんですよ。以前は、まあ、特に患者に話すとは限らなかったんですけどね、今は、患者さんにありのままを話して、患者さんと家族と医者でいろいろな治療の可能性をよく話し合って、みんなが一番納得する治療法を取るっていうことにしているんです》ってね。それで、こんなにあっという間に手術になったのよ。ま、先生も、《もし、あなたが私の妻だとしたら、私はこの治療法を推薦しますけどね》ってすごくはっきりして誠実な感じだから、安心して任せる気持ちになったの」

そうしてアネッテ伯母さんの前向きの闘病生活が始まった。退院後の夏休みには、いつものように家族と北海の浜辺に行ったし、みんなでサイクリングや散歩もした。僕のいとこ達は、もうお母さんの病気は治ったと思って晴れ晴れと暮らしていた。でも、冬が終わる頃、また入院した。

退院してすぐ、アネッテ伯母さんが、伯父さんの東京出張に付いてきたときは、僕達も春休みで日本にいた。桜が「歓迎！」と言っているみたいに満開だった。

「手術の後まだ一ヶ月も経っていないのに、よく来たなー！」

おじいちゃんは感激して、アネッテ伯母さんに喜んでもらおうと一所懸命だった。車の運転を友達に頼んで、アネッテ伯母さんとママを乗せて、公園や海岸に案内して、夕食には十何枚ものお皿がテーブルの上に並ぶ旅館にも宿を取って大サービスだったね。アネッテ伯母さんは日本を心から楽しんで、なにからなにまで意識して味わっていた。

それがよく分かったのは、翌年の春、ママがアネッテ伯母さんとパリに出かけたときだった。シャンゼリゼ通りを歩いていたとき、アネッテ伯母さんは急に立ち止まって、にこにこしながらコートのポケットから握った手を何気なく差し出した。まるで大きなダイヤモンドでも隠してあるかのように、手のひらをおごそかに開きながら言った。

「見て、これ。あの日本の海岸で拾ったの。いつも、ポケットに入れておくのよ。ポケットに手を突っ込んで、触ってはあの日本旅行を思い出して、嬉しがっているのよ」

それは極く普通の灰色がかった黒っぽい色の小石だったけど、アネッテ伯母さんの白い手の中で特別きれいに輝いて見えたんだって。


おじいちゃんとおばあちゃんが伯母さんをお供にドイツに来たのは、それからまもなくだったね。アネッテ伯母さんとデトレフ伯父さんは、一年振りにおじいちゃん達の顔を見たいとハイデルベルクまで会いに来てくれた。あのときだったね。レストランで食べているとき、おじいちゃんの指から突然フォークがポロッと落ちたのは。家でケーキを食べようとしたときにも、フォークが変に指から落ちた。おばあちゃんの「この頃ときどきそんなことがある」という言葉で、みんなが、なんとなく不安な気分になってしまったね。覚えている？　二週間して帰国した日本では、お医者さんの診断が待っていた。「パーキンソン症です」

その病名はショックだったに違いないね。でも、おじいちゃんには、自分のことよりハイデルベルクで一年振りに会った、やせてしまったアネッテ伯母さんのことの方が気になった。アネッテ伯母さんにはもう親がいないから不憫《ふびん》だと言って、親代わりに心配しているみたいだった。

そして、日本からかけてくる電話の最初の言葉がまたいつも同じになった。

「アネッテさん、どうしてる？」「かわいそうだなー」

伯母さん一家はその年も夏休みが来るといつものように北海の浜辺に休暇に行った。四人の子供を含めた家族の〈日々是好日〉は続いていた。病気というじゃまが入ってこない限り。夏休みが過ぎて末っ子のトビアスの入学式直前に、また入院するように言われるまでは。

その都度指示に従って、つまり治療や手術の方法によって病院を変えていたアネッテ伯母さんに、ガンの転移が見つかったとき、二つの病院の先生達の意見が分かれてしまった。一方の先生は肋骨を三本取らなくてはならないけど手術をするべきだという意見。もう一方の医学教授は〈生活の質〉を大切にするべきで、肋骨をとる手術はあまり賛成できないというもの。伯母さんはむずかしい決断に迫られた。

もう一度手術に賭ける決心をした伯母さんが、手術に不賛成の医学教授のところに報告に行くと、教授はうなずいた。

「分かりました。本人が納得するのが一番大事なことです。すべてがうまくいくよう祈ってますからね。また元気が出たら、顔を見せてくださいよ」

教授は、そう言うと普通の握手の挨拶のかわりに、自分の意見とは反する治療法を選んだ患者のアネッテ伯母さんの肩を抱いた。「あれは心から患者に接しているからこそ出た態度だ」と傍にいたデトレフ伯父さんが感激して話してくれた。

アネッテ伯母さんは手術前に一日だけ、トビアスの入学式のために家に帰った。パパ達もアウトバーンを四時間余り走って入学のお祝いに行った。学校の入学式の後、みんなで食事をしてお祝いして、アネッテ伯母さんはまた病院に戻って行った。伯母さんを乗せた車が見えなくなったとき、新米一年生のトビアスがつぶやいた。

「僕、病院が憎らしい」

手術の後しばらくして、ガンのリハビリ病院に入院したアネッテ伯母さんは、自分の心を解放して、ゆったり生きる練習をした。絵を描いたり、陶芸をしたり、ダンスをしたり。それぞれの患者が自由な気持ちになれる助けになるものを見つけられるようにと、いろいろなプログラムが用意されていた。

「一度ね、すごくいやーな音楽が流れてきてね、それに合わせて身体を動かして踊ってみたらどうかって、テラピストが言ったのよ。周りの八人の人はそれぞれに勝手に身体を動かし始めたんだけど、私には、その音楽が、生まれてこのかた聞いたこともないようないやーなメロディーだったから、かえって身動きできなくなって、そのうちに涙が出て止まらなくなったのよ。そしたら、だんだんにみんなして私の周りに集まってきて、やっぱり泣き出してね、結局九人みんなで固まってずーっと泣きわめいたのよ」

その秋の入院を最後に、アネッテ伯母さんはもう二度と病院に行こうとしなかった。

「気分がいいから、行く必要ないのよ。行ったら、また、今度は別なところが、って言われるだけだし。もういいのよ。私は、楽しむことにしたの。毎日を子供達とできるだけ普通に暮して、やれるだけやる。そうすることにしたの」

そのうちに、オミの面倒も見たいとまで言い出した。特別扱いして欲しくない、病気になる前みたいに暮らしたい、一日一日を普通に味わいたい、という思いだったのかもしれないね。つまり〈日々是好日〉をね。


あの時期、いとこ達の家族にとっても、〈とき〉の流れが特別だったに違いない。僕のいとこ達は、自分達のお母さんがゆったりと家にいて前みたいな生活が戻ってきたことを喜んでいた。ある日、トビアスが弾んだ声で電話をしてきた。

「トミー、僕達も犬飼ったんだよ！　ヨシっていう名前のゴールデンレトリーバで血統書付きなんだよ。本当の名前は、ヨシ・ツア・ワルデスルーっていうんだ。ママが新聞に載っているのを見て、みんなですぐに見に行ったんだ。まだ十一週間で可愛いよ！　いつも君達のアキと遊んでて、みんなでずっと犬が欲しいと思っていたら、急にママが、この犬飼おうって言ったんだ」

電話の向こうからは、「ヨシ！」「ヨシ！」とにぎやかなみんなの声が聞こえてきた。

電話を換わったママが伯母さんに言った。

「アネッテ、あなた、引っ張られたらどうするの？　毎日散歩があるのよ」

だけど、伯母さんは平気だった。

「いいのよ。まだ小さいから引っ張られても、たかが知れているし。子供達が学校へ行った後に気が滅入ったりするんだけど、ヨシがいれば可愛いから気が紛れると思うわ。散歩に行けばいろんな飼い主に会っておしゃべりできて、病気のことなんて忘れてしまうわ。もうガンのことはたくさんなの」

「そのヨシっていう名前、日本語で〈良い〉っていう意味なのよ」

ママの説明に、アネッテ伯母さんは喜んでいた。

「そうなの？　それは幸先がいいわね。私達が名付けたんじゃなくて、もう最初から付いていたのよ、ヨシってね」

いとこ達の家族は全員ヨシのことで夢中だったし、とても楽しそうだった。


夏が近づいてくるとアネッテ伯母さんは、もうヨシと散歩に出る力がなくなってきた。病気になってから特別になっていた〈とき〉の流れが、もっと特別になった。いつも張り詰めた空気が漂っていたから、それはもう〈日々是好日〉と言えるのかどうか僕には分からない。いとこ達にとっては、表面的にはいつもと同じだった。放課後は、陸上、ハンドボール、ジャズダンス、四人兄弟のそれぞれのプログラムがあった。合間に、兄弟喧嘩をしたり、買い物をしたり、いつもと同じ時の過ぎ方だった。でも、きっと、ひとりひとりの心の中では、不穏な緊張感を感じていたんだ。八歳のトビアスはなにかというと、アネッテ伯母さんに向かって駄々をこねたり甘えたりした。

やがて、廊下に酸素ボンベが置かれた。アネッテ伯母さんは、そのボンベにつながった長いチューブの先についている酸素吸入器を一日中鼻につけて過ごすようになった。そしていつものようにリビングでみんなでゲームをしたり、台所に立って、家族のために料理をした。夏になると毎年するように、庭のラズベリーを子供達に採ってもらってジャムも作った。

そして、ママが手伝いに泊まりに行った。子供のこと、犬のこと、料理のこと、いつものように主婦同士のおしゃべりをしながら、ママは聞いてみた。

「あなたの本当の身体の具合のこと、もう子供達と話したの？」

「そのうちに話そうと思っているけど。まだ、その時期じゃないわ」

アネッテ伯母さんは、時間がだんだんなくなっていくのを認めるのがいやだったんだね。

きっと、自分では知っていた。「そろそろ時間だ」とね。だから、クリスマスの後、さりげなく言ったんだって。

「今年はクリスマス用の飾りを特別ていねいに片付けたのよ。来年は多分、私はもういないと思うから」

夏休みに入る前の学年末の最後の日、いとこ達は良い成績表を持って帰ってアネッテ伯母さんを喜ばせた。その日は、ザンディの誕生日でもあった。午後、アネッテ伯母さんは力を振り絞って起きて来た。白と青のさわやかな縞模様のシャツを着て清楚できれいにみえるお母さんを囲んで、ザンディのために十五本のろうそくをつけて、歌を歌ってお祝いをした。

みんなで誕生日のチーズケーキを食べ終わっておしゃべりしていると、東京出張から帰ってきたデトレフ伯父さんが、「ザンディ、誕生日おめでとう！」と言いながらリビングに入って来た。そして、叫んだ。

「おい、みんな、気でも狂ったのか！」

そう言って、呆気に取られているみんなの前で、テーブルデコレーションに点けてあったろうそくの火を片っ端からあわててフウフウ吹き消した。

「アー、危機一髪！　酸素ボンベから酸素を引いているママが座っているのに、こんなに近くで火を点けたら危ないじゃないか！　もしかしたら爆発したかもしれないよ！　君達みんな物理で習わなかったのかい？　アー、恐ろし～」

そう言って、へなへなとオーバーに椅子に腰を落とした。それを見て、一瞬ハッとしたけど、結局みんなで笑ってしまった。そして爆発していたらどんなことになっていたかというおしゃべりで、テーブルの周りが活気付いてしまったぐらいだった。でも、それは、本当はすごく悲しい、これ以上ないぐらい、悲しい誕生日の情景だった。

アネッテ伯母さんにとっては、その日が本当に最後の〈日々是好日〉になった。どんどん少なくなっていく〈とき〉が惜しかったアネッテ伯母さんにとっては、身体は弱っていても、多分、一瞬一瞬その思いがあったんじゃないか、と僕は思う。

その日から八日目に、アネッテ伯母さんは、〈とき〉という感覚のないところに、旅立って行った。

オミの涙が頂点に達した。お墓で、土の中に降ろされたアネッテ伯母さんの棺の上に、ひとりずつ花を投げてお別れしたときだった。車椅子に座ったオミは、花を投げて、「イーッヒ、イーッヒ！　イーッヒ、イーッヒ！（私が、私が！　私が、私が！）」と号泣した。オミは、もう何もできない自分が身代わりになってあげたい、という気持ちだったんだね、きっと。目の前で、「ママー！」「ママー！」と泣きながら、そこから動けなくなっている四人の孫を見ていなくちゃならなかったんだから。

それはドイツには珍しく、太陽の日差しがジリジリと感じられる暑い暑い真夏の日だった。〈色にこだわりのあった故人のために、告別式にいらしてくださる方は、黒い服を避けるようお願い致します〉というお知らせがあったから、お墓に集まった二百人近くの人達はみんなそれぞれ、思い思いの洋服を着て参列していた。

それまでの僕には、ゆっくり遊べる夏というのは楽しさのシンボルのような意味があった。でも、あの日、十四歳の僕は、人の悲しみというものは、夏のあんな暑さの中でも、秋や冬と同じように襲ってくることがあるということが分かった。そして、黒服でなくて、普通の洋服での告別式では、〈死〉が特別なものではなくて、人が生きる最後にある一つの現象なんだということを実感させられた。あの日の光景は、一足先に自然に帰るアネッテ伯母さんと、まだこの地球上で土の上に足を踏ん張って生きている僕達みんなとの、お別れのときそのものだった。

二十九　自尊心と悲しみ

アネッテ伯母さんが最後に入院したときのことは、おじいちゃんも、ママから聞いたんだよね。

「お父さん、アネッテはまだ本当に若かったから、人に髪の毛を洗ってもらうのなんて、とんでもないって思っていたのよ。でも、本当はきっと洗う力がなかったのね。私、あんまり干渉して自尊心を傷つけたらいけないと思って、あれこれ言わなかったのよ。でも、入院して、もう半分意識がないような感じだったんだけど、なんだか髪の毛が気になるような仕草をするの。だから、看護婦さんに、髪の毛を洗ってあげてもいいですかって聞いて、アネッテの友達とふたりで洗ってあげたのよ。そしたら、もう、ずーっと見たこともないようないい顔でニコーッて笑ったの。気持ちが良くて本当に嬉しそうだった。あれを見てからね、人間がギリギリの状態のとき、もし幸せな気分になれるとしたら、それは、身体がさっぱりしたり、お腹がいっぱいになったりっていう基本的な欲求が満たされるときなのかもしれないって、しみじみ思ったのよ。それから、家にいる間に、髪の毛洗うの手伝わせてちょうだい、ってアネッテに言わなかったことを、すごく後悔したのよ。だからね、お父さん、私に、髪の毛洗うの手伝わせてよ。何も恥ずかしくないじゃない。私、ドイツのお義母さんの髪の毛も洗っていたし、慣れているんだから。私だってそのうち誰かに洗ってもらうようになるかもしれないし。お互い様なんだから」

それを聞いておじいちゃんはやっと、ママに髪の毛を洗わせてくれたんだってね。

年を取ってだんだんに身体が不自由になるのは普通のことなんだから、全然気にしなくていいのに、やっぱり、人間には自尊心というものがあるんだね。アネッテ伯母さんはまだ若かったから、自分一人で髪の毛が洗えない、という事実を受け入れられなかったのかもしれない。このぐらい、だれにも頼らないでできる、という自尊心があったから、「手伝って」と自分からは言い出せなかった。自分で自分の身の回りのことをするのは、自尊心を守ることだったのかもしれないね。だから、アネッテ伯母さんは弱まってくる体力にもかかわらず、自分の機能を最後までできるだけ使おうと闘った。

おじいちゃんの場合は、いろんな身体の機能がまるで何かが忍び寄るかのように少しずつ失われていった。自分の変化を冷静に見ていて、少しずつ自分の思い通りにならなくなってきた手足をなだめながら、「もういよいよこれもできないのかな」と言っていたね。「便利な物ができたもんだ」とワープロでものを書くのを楽しみにしていたのに、目が見えなくなってきたために、その楽しみもあきらめなくちゃならなくなった。「自然の中でゆったりした気分になれるし、人との交流もあって、しかも運動になるんだから」と楽しんでいたゴルフも、あきらめるときが来た。おばあちゃんの手伝いに、とスイスイ自転車に乗って買い物に行くのもあきらめた。

ママが、頭の体操にマージャンを覚えたいと言ったら、おじいちゃん、張り切って、「よし、どれどれ」と道具を持ってきた。でも説明しようとしても、手がうまくパイを掴んでくれない。昔、横一列に並んでいるパイを一度に芸当のように持つのを見せてくれたことがあった。でも今度は、おじいちゃんは両手で挟もうとするたびに、落ちてしまうパイを見ながらがっかりした。「これも、もう全然だめだな」

おじいちゃんは、できることなら何でも僕達に教えたいと思っていたから、マージャンのやり方を聞いたら、喜んで教えてくれるだろうと思ったのに、まるで逆効果になったあの晩。みんなで楽しくワイワイやるつもりだったのに、反対に嵐の前の黒い雲が目の前に迫ってくるような気分になってしまったあの晩。おじいちゃんは、ときどき、僕達の知らないところで、たったひとりで、ああいう気分になっていたんだね。

一年半前の夏の夜、お風呂の後の夕涼みをしながら、おじいちゃんが、ぽつりとだれにともなく言ったね。

「パーキンソンっていうのは、不思議なもんだ。パジャマのズボンをはこうと思って、一所懸命右足をズボンの右側に入れようと思うんだが、入れようとするその瞬間に、くるっと足が回ってしまって、ズボンの左側に右足が入ったりするんだ。だから何回も何回もやり直すことになる。まあ、三回でちゃんとはけたらたいしたもんだな」

それは愚痴じゃあなかった。おじいちゃんは目もよく見えなかったし、パーキンソンでイライラしたと思うけど、愚痴は絶対に言わなかった。いつも、冷静に自分の変化を見ていた。だから、僕達が病院に駆けつけたときも、聞き取れないような声で言ったんだね。

「いよいよだな」

三十　おじいちゃんの悲しみ

三年前におばあちゃんのアルツハイマー症の診断がでてから、おじいちゃんは自分の身体が思うようにならないのを忘れたように、いつもおばあちゃんのことばかり考えていた。おばあちゃんに不都合が起こらないように、それればかり願っていたね。

だから、二人だけで住むのが無理になってきたとき、新しいグループホームが見つかったので、みんなで喜んだ。おじいちゃんはおばあちゃんと一緒にそこに引っ越して、おばあちゃんのことを一人で心配するという緊張感がとれてほっとしたんだね。新しいグループホームだから、ヘルパーさん達もやる気満々だった。その雰囲気は、おじいちゃんにも伝染したみたいだね。一緒になって、老人の好きな食べ物や苦手な食べ物のこと、庭先に菜園を作ることなど、他の老人のかわりにいろんな提案をしたんだってね。ゲートボールの仕方をヘルパーさんに説明して、あちこち電話を掛けて道具の手配までした。いろいろなアドバイスをヘルパーさん達に頼まれて、何かの役に立てばと、また現役時代みたいに張り切ったんだってね。人間、課題があって自分が必要とされているという状態が一番幸せなんだね、きっと。グループホームに入ったばかりの春うららかな日々、おじいちゃんはとてもいきいきして元気になっていた。春の明るい空気が輝いてみえたように、新しい建物も、おじいちゃんの顔も輝いてみえた。それはだれの目にも明らかだった。「カラオケもゲートボールもまたやれるとは思わなかった」と言いながら、杖も持たないで足取りも軽くスタスタ歩けるようになったんだってね。

ママがドイツから、おじいちゃん達のようすを見に行ったのはそんな時期だった。おじいちゃん達が自宅に外泊をすることで、ホームが決定的な最後の居場所じゃないんだ、とおじいちゃん達に印象付けようと思ったらしい。ママとおばあちゃんと家に戻ったおじいちゃんは、さっさと一人で親戚の家までお茶飲みに行ったりした。ホームの畑用の支え棒や、おばあちゃん用のナスを植えるための植木鉢まで、ホームに持っていくために用意した。

三泊した後、ホームまで車で送ってくれるという親戚の人を待っていた。おじいちゃんは、茶の間のいつもの場所に座って、開けはなった窓から見慣れた景色を、見るともなしに見ているようだった。それまで、ホームと自宅での外泊の組み合わせを喜んでいるようにみえたおじいちゃん、台所と茶の間を行ったり来たりしていたママに聞こえるか聞こえないかのような声で、ぽつりと言ったんだってね。

「俺はここからの眺めが気に入っているんだよなー」

ママはそれを聞いて、おじいちゃんが自分に「前向きに、前向きに」と言い聞かせている心の内がよく分かった。

「そう言われると、子供としても辛いのよ、どうしようもないんだから」

冷たいみたいだけど、ママは精一杯淡々と答えた。ちょっとだけ、また黙って外を見ていたおじいちゃんは、勢いを付けて立ち上がりながら言った。

「さ、きりがない。電話して、予定より少し早く来てもらおうか」


自分の家に住んでいたとき、おじいちゃんは自分の不自由なのを差し置いて、いつもおばあちゃんのことを気にかけていた。一日一日が無事に過ぎるように、毎日気を張って頑張っていたんだね。だから、ホームでヘルパーさん達が細やかに身の回りの世話をしてくれるのが分かったとき、「おばあちゃんもこれなら大丈夫」と安心してがっくりと力が抜けてしまったのかもしれないね。グループ九人全員が揃い、グループホームの毎日の生活も軌道に乗って、おじいちゃんの助言役としての課題もなくなってきた頃、暑い夏がきた。

お盆で家に帰ったとき、伯母さん夫婦と叔父さん夫婦に囲まれておそばを食べながら言ったんだってね。

「あのグループホームでは全館エアコンで暑さ知らずだし、毎日とりどりのうまい物を食べさせてくれて、ありがたいもんだ。だが、やっぱり、家でこうして家族に囲まれて食べるそばの味には勝てないな」

愚痴や文句は言わないおじいちゃんだったけど、ふと出てしまうそんなときの言葉は、多分本音だったのかもしれないね。おじいちゃんは、誰にも世話にならず迷惑を掛けないで、なんとか無事に夫婦二人で暮らしていきたいと言っていた。でも、だんだんに二人とも健康状態が思わしくなくなってきたから、自分達が描いていた老後生活とはかなり違ってきてしまったんだね。行き詰まりつつあったとき、まるで天からの救いの手みたいに良いグループホームが見つかった。ヤレヤレと安心しながらそこで暮らし始めたけど、やっぱり家族は違うんだね。家族に囲まれてほっとして気が緩んで、甘える気分が出てきてしまった。そしてつい本音が出てしまったのかな？　社会の一員として頑張ってやってきた大の男のおじいちゃんだけど、やっぱりただの人間だから、甘える心が出ちゃうんだよね。でも、前向きに新しい暮らしに慣れようとする態度は立派だったよ、おじいちゃん。僕はママからおじいちゃんとおばあちゃんの新しい生活のようすを聞くたびに、「何にでも解決法というものはあるんだなー」と喜んでいたんだ。

おばあちゃんと二人きりの生活がこの先どうなるのか、と心配しながら暮らしていた頃と比べて、グループホームで毎日安心して過ごせるのを、おじいちゃんは心から喜んでいた。でも、そんな穏やかな暮らしに慣れるうちに、別の悩みがでてきたみたいだったね。それは、多分〈人間はパンのみにて生きるにあらず〉という聖書の中の言葉のようなものだったんじゃないかと思う。おじいちゃんは、食べて、お風呂に入って、ゆっくり寝る、という毎日の生活に物足りなさを感じ始めてしまったのかもしれないね。

もちろん人は戦場のようなところにいたら、そういう生きる上の最低限の快さというのは、一番大切なのかもしれない。でもそれが満たされると、次には、心の糧、つまり支えになるものが欲しくなるのかもしれないね。たとえば、楽しみにしているテレビ番組を見たり、本を読んだり、手芸や手細工をしたり、歌ったり、踊ったり。そのことが楽しみで朝起きる元気が出ちゃうような何か、やりたいこと、できることは、歳をとっても、きっといろいろあるような気がするんだ。最初の頃、おじいちゃんが「またカラオケやゲートボールをやれるとは思わなかった」と喜んでいた、あのことなんだよね。

ドイツのオミは、目が見えて左手が使えるから、もう十四年間も、毎日注意力が必要なゲームをして暮らしている。いつも頭を使っているから、もう十四年間も話ができないのに、全然呆けたりしていない。残された能力を使って何かしら楽しみにして生きていくことはできるんじゃないかと、僕はオミを見るたびに希望を持ってしまう。

おじいちゃんのように身体や目が不自由でも、まだ世間話、昔話ができるんじゃないかなって。でも、それは、相手があってできることなんだよね。そういう〈楽しみ〉を期待してホームに入ったおじいちゃんは、しばらくすると、〈人がいる中での孤独〉を感じ始めちゃったのかもしれないと、僕は思うんだ。ヘルパーさんは一所懸命話しかけてくれたけど、新しい暮らしの中で、自分の可能性の限界をあらためて実感して、おじいちゃん、意気消沈していったのかもしれないね。

「こじんまりして、みんないい人だし、いい所に入ったと俺は一人で喜んで、友達に薦めたりもした。だが、やっぱりここは、痴呆の老人が入るところなんだ。ボケたじいさん、ばあさんが住んでる所じゃ、ほかの人は相手にしてくれないんだ」

おじいちゃんには〈ボケたじいさん〉と思われるのがなにより辛かったみたいだね。なんでも自分でやろうとしたから、買い物に行っても、しっかり自分で財布からお金を出して、会計のとおりに払おうとした。目が不自由だから、百円玉や十円玉をきちんと合わせて出すのにも時間がかかった。そうすると待っている周りの人が〈ボケたじいさん〉と思うんじゃないかと気になったみたいだね。ホームの人達とみんなで散歩をしても、痴呆のホームの住民の一人である自分も〈ボケたじいさん〉と見られているに違いない、と気になってしまったのかもしれない。長い間生きていたら、少しぐらい呆けてきても不思議はないんだから、そんなに気にしなくてもいい、と若い僕達は思う。アルツハイマー症だって、胃や心臓が病気になるのと同じで、脳が病気になるだけなんだから、なにも恥じることはない、と僕達は簡単に思う。でも、おじいちゃん達にしてみれば、多分、長い間生きてきた大人としての誇りがあるんだね。それが若い人達に、「あのおじいさん、ボケてきたから」の一言で片付けられたら、大いに自尊心が傷ついてしまうかもしれない。おじいちゃんは、目も手足もなかなか自分の思うようにならない分、頭だけはまだ働くと自負していたから、〈ボケたじいさん〉と思われるのが情けなかったのかな？　人間、「自分にもこれだけはできる」と思えることが、どんなに生きる力になるか分からないものね。でも、そんな気負いさえ否定されそうになったら、おじいちゃんは何を心の励みにしていったらいいんだろう。その悔しい気持ち、よく分かるよ、おじいちゃん。

ドイツに電話をしてきたときも、僕が言葉を聞き直したりすると、受話器の向こうから聞こえてきた。

「おじいちゃんが言うこと分からないかな？　しゃべるのも、いよいよだめになったきたかな？　それとも、やっぱりもうボケてきたのかな？」

僕はあわてて言った。

「大丈夫、おじいちゃん、言うことは分かるけど、僕の日本語が十分じゃないから、意味が分からなくて聞いているんだよ」

だんだん元気がなくなってきたおじいちゃんに気が付いた伯母さんが励ました。

「せっかくいい所に入ったんだから、もう少し頑張ってね」

そしたら、おじいちゃん、ぽつんと言ったんだってね。

「もう、頑張れないんだよ」

それから一ヶ月後。おじいちゃんは、病院のベッドに力なく横たわっていた。目の前のおじいちゃんに、僕は心の中でつぶやいた。「おじいちゃん、もう無理して頑張らなくていいんだよ。八十一年間、頑張って、頑張って、頑張ってばかりいたんだから、もういいんだよ。もう、ゆっくり好きなようにしてよ。他の人のことばかり考えていないで」

三十一　「よく見て、考えるんだぞ」

おじいちゃんが危ないという知らせで飛んでいってからの十二日間。この間、僕達は〈日本〉を全体としてではなく、一つひとつのシーンとして見たような気がする。病院の窓から見たシーン。電車の中で見たシーン。それはたとえば街全体が眠そうにゆっくりと明ける朝の光景だったり、夜遅くまで電気をつけながら続けられるビルの工事のようすだった。そういう日本のありさまは、僕達のいつもの滞在だったら見なかったかもしれないし、見ても気にとめなかったかもしれないものだった。それなのに、あのときだけは、いろんな光景や、出来事が、おじいちゃんの命の行方と平行して、すごく研ぎ澄まされてみえた。

そのいろいろな日本の情景のことを考えたりしながら、おじいちゃんの枕もとでの〈とき〉が過ぎていった。いつもの滞在と違ってあちこち出かけたりしなかったから、集中的にものを見て考えることができた。おじいちゃんの顔を見ながら、考える時間がいっぱいあった。あれこれ考えるくせのある僕に、「そんなに考えてもどうしようもないんだから、あまり深く考えない方がいいんだよ」と言ったこともあったおじいちゃん。でも、目の前で昏々《こんこん》と眠っていたおじいちゃんは、僕に向かって言っているような気がした。

「トミー、なんでもしっかり見ておけよ。そして考えるんだぞ」

おじいちゃんだって自分では気が付いていなかったかもしれないけど、じっとよく見ていたし、考えていた。夏におじいちゃんの家にいたとき、日本のお葬式のことを説明しようとしたね。僕はストップを掛けた。

「おじいちゃん、そんな話は悲しいからしなくていいよ」

すると静かな声で言ったね。

「トミー、人間はね、こんなに長いこと生きていると、だんだんに、もういい、と思うようになるもんなんだよ。だから、その話をするのを避けることもないんだ。日本では、年取って死ぬことを《お迎えが来る》という言い方をするんだよ。あの世からお迎えが来たら、はい、そうですか、では、と一緒に行くというわけだ」

その言葉に、僕は、運命に逆らわないで生きていく、という伝統的な日本人の基本的な姿勢のようなものを感じた。若い僕達が、専攻する学科や将来の職業のことを考えるのと同じように、年を取ってくると身近な関心事として、〈死〉について考えたり話してみたりしたいのかもしれないね。それに自分がそういう考えに慣れるという意味もあったのかもしれない。

説明を聞いて、日本のお葬式というのは、なんて手の込んだことをするんだろう、と感心していると、おじいちゃんはさらに加えた。

「おじいちゃんはね、赤い屋根の文化住宅でお葬式をするのはいやだったんだ。だからもう一度この家を建てた。この屋根は、日本伝統の入り母屋式っていうんだ。やっぱり年を取ってくると、こういうふうに自分達の伝統に寄りかかりたくなるんだよ。日本も、今じゃどんどん変わってきているから、お葬式も簡素化して式場ですることが多くなっている。おじいちゃんはそれはいいことだと思うんだ。日本の伝統や習慣にも、時代の動きに合った改革は確かに必要だ。でもなー、おじいちゃん達はずっと古い文化習慣に慣れているからなぁ。改革は是非やってくれ、どんどん進めてくれ、だが、やっぱり、自分の葬式のときはまだ古い伝統でやってもらいたい、どうしても、そう思ってしまうんだよ」

でも、時間は止まらないし、周りにあるものすべてが発展し続けている。おじいちゃんの言う改革も進んでいるしね。改革や、文明、社会の発展に伴って失われていくものもいっぱいある。その〈失われていくこと〉を、若い僕達はよく頭において忘れないようにしないといけないんだね。そうすれば手に入れたものだって、もっと大切にできるし、世の中が良い方向に発展していくように意識して気をつけられるんだと思う。

いろんな社会現象は理性と感情、両方がからんで起こっているね。日本人は感情を重視して判断したり、行動したりすることが多い。でも、感情を優先すると、そのときは良いように見えても、長い目で見たら必ずしも良いかどうか分からないことだって多いし、理性で行動する方が大事なときだってある。だから〈相手の気持ち〉を汲み取るのがうまい日本人が、感情を理解しながらも、理性に基づいた行動ができれば、すばらしい中庸の道が開けるんじゃないか、と僕は思うんだ。世界中の人が、地球的規模で一緒に考えたり動いたりしなくてはならなくなっているグローバルな時代。日本の独自性を生かして、日本ならではの路線が見つかればいいのに、と日本に関するニュースをドイツで見聞きするたびに僕は思う。世界事情をいろんな面からよく見て、賢い日本の哲学をもって対処すれば、アジアの先進国として日本ならではの世界貢献ができる、と僕は信じる。

戦後、ゼロから出発したおじいちゃん達が、頑張って達した今の社会の状態。それをこれからどうするか。今度は若い僕達が頑張る番だね。

おじいちゃんが機会ある毎に教えてくれたことわざの中で、僕が一番気に入っている言葉がある。

〈学びて思わざるは、すなわち暗し〉「学ぶだけで考えなかったら、理解したことにはならない」

これは、ドイツ人の考え方の基にもなっていることだ。この言葉が日本にもあるとしたら、東洋も西洋も根本的には同じじゃないか、と僕はこのことわざを聞いたとき改めて思った。人間が考えることは結局みんな同じようなこと、そうなんだよね、おじいちゃん。

三十二　神々の魂を呼び起こす音

「おまえ達のことを見送りたいんだよ」とでも言うように、おじいちゃんは僕達を意識して（多分、満喫して）、僕達が帰る日まで頑張りとおした。それは僕達にとっては、すごく辛かった。おじいちゃんが僕達にお別れして逝ってしまうかもしれない、とハラハラしながら十二日間を過ごした後、僕達の方からおじいちゃんにお別れして、飛行機に乗って帰ってしまうというんだから。これ以上日本にいる時間がないから、「では、さようなら」と、健康な若い僕達が、死と闘っているおじいちゃんをそのままにして、日常生活のあるドイツに飛んでいってしまうというのだから、考えたらひどい話だ。

でも、人生、永遠に続くことなんてないものね。僕達三人が揃っておじいちゃんの傍で十二日間過ごせたことも、考えようによっては上出来だったかもしれないし。おじいちゃんが何かしゃべれたとしたら、言っていたかもしれないね。「ま、こんなもんだな。きりがないから、もういいよ」とね。

翌朝早く成田空港に向かう僕達は、おじいちゃんのベッド際で、最後の夜を過ごさせてもらうことにした。

ちょうど近くの神社で秋祭りがあると知ったママが繰り返し言った。

「せっかくの日本のお祭りだから見てらっしゃい」

だけど、僕達にしてみれば、あと何時間おじいちゃんと一緒にいられるか、酸素マスクをして眠っているおじいちゃんの容体が急に悪くなったりしないかと不安だったから、どうしても出掛ける気がしなかった。

するとママがきっぱりと言った。

「じゃあ、みんなで、おじいちゃんのためにお詣りに行ってこよう」

そうとなると話はまた違う。僕達は突如、大またで神社に急いだ。おじいちゃんのために祈る。「この後、どうぞ、おじいちゃんの思惑どおりにことが進みますように」

心臓の鼓動が、お囃子《はやし》のリズムに平行して高まっていくような気がしながら、ますます足を速めると、お囃子がどんどん近づいてきた。神社のたくさんの階段を一気に駆け上がると、お囃子はちょうど終るところだった。僕達は、ずっと遠くから聞いていたお囃子の最後の響きを見届けて拍手をするために、そこに行ったような格好になった。

神社の境内にはいくつもの山車《だし》が並んでいた。赤、紫、ピンク、黄土色、黒、それぞれに日本的な色合いでまとめられた山車を見て、「美しい」と僕は思った。「また別なときにこの光景をゆっくりと楽しみに来よう」おじいちゃんのようすを思い浮かべたら、僕がお祭りを見て楽しむのは不謹慎なようでためらわれたからだ。山車の日本的な色合いの心地よさも、人々が湧きあがっている雰囲気もとても印象的だったけど、おじいちゃんのためにお詣りして、急いでまた階段を下りた。

そのうちに、神社の境内の後ろから道路に出て、それぞれの地区に帰りつく山車が、太鼓を叩きながら僕達を追い越していった。

その山車を見送りながら、僕は考えた。このお祭りは、一体いつ頃から引き継がれてきたのだろう。当時の人達と今の人達が、この山車に座って太鼓をたたいて考えることはどのぐらい違って、どのぐらい同じなんだろうと。にこにこしながら太鼓を叩く人々を乗せた山車が、僕の目の前をどんどん通り過ぎていった。

まじめで、熱心で、誠意があって、感覚が繊細で、器用で、気が優しくて、頭が良い。多くの外国人が感心するような国民性をいっぱい持っている日本人。これはお世辞じゃないよ、おじいちゃん。でも、この後にもまだ続くんだ。

素直で従順すぎて、そのくせ閉鎖的。これなんだ、問題は。疑問を持たないで何でも受け入れてしまう従順さ。日本はこうなんだから仕方がないという閉鎖的な考え。そんな国民性が、社会のいろんな問題の解決改善をむずかしくしている、と僕は思う。

そんなことをふっと思ったとき、前夜、偶然見たテレビの街頭インタビューの場面を思い出した。僕はちょうど居間に入ったばかりだったから、前後関係は分からなかったけど、耳に入ったその言葉に驚いた。高校生の制服を来た女の子が、マイクに向かって気力なく言った。

「私、今の世の中好きじゃないから」

僕は胸がキュッと痛くなったような気がした。それは、まるで、今の世の中に失望したおじいちゃんの世代の人の口から出るような言葉だったから。

華やかなお囃子には合わないような、そんなことを考えながら、山車を追いかけるように歩いていた。でも、考えごとをしながらの歩調は、山車の速さにはかなわなかった。僕の目の前を、最後の山車が、気合の入った太鼓の音を残して通り過ぎていった。

その太鼓の快い余韻を聞きながら、僕はドイツで聞いた和太鼓のコンサートのことを思い出していた。深い藍色のバックに、和太鼓の色と奏者の赤やカーキ色の衣装が異国情緒たっぷりに映えて、見るだけでも十分美しい舞台だった。

あのとき、神々の魂を呼び起こすというあの和太鼓の響きは、魂を揺さぶって、人々を立ち上がらせた。日本から来た若い奏者達をたたえるために。聴衆に向けられた奏者達の喜びに満ちた顔。満席のケルンフィルハーモニーで総立ちになった人々の紅潮した顔。「ブラボー!」の叫びの混じった拍手は、いつまでも止むことがなかった。

「日本文化も、なかなかのもんだろう」

その話をしたときおじいちゃんは満足げに言ったね。自国の文化が外国で理解され、称賛されたら誰だって嬉しいものね。

僕は、あの子にもあの情景を見せたかったと思った。「私、今の世の中好きじゃないから」そう言っていた東京の街角のあの若い女の子に。人々が、国、言葉、老若男女、すべての違いを超えて、ただ魂を揺るがす音への感動を共にしていた、あの瞬間の情景を。

三十三　おじいちゃんの人となりの〈最期の言葉〉

おじいちゃん、今こうしておじいちゃんのことを思い出すと、おじいちゃんの弱々しい顔に重なって、あの秋祭りの山車の明かりが目に浮かび、太鼓の音が聞こえてくる。

おじいちゃんは、あれからまだしばらく入院していて、そのあと自分の家に戻った。相変わらず寝たままだったけど、家族やヘルパーさん達が、おじいちゃんを独りぼっちにはしなかったから、多分あの日々はおじいちゃんにとっても〈日々是好日〉だったんじゃないか、と僕は信じる。

僕達がドイツに戻ってから三ヶ月が過ぎた頃、おじいちゃんは、僕達が暮らしているこの世を去っていった。

ママがドイツから日本に駆けつけたとき、おじいちゃんは既にほとんど話せなくなっていた。たまに話そうとして口を動かしたけど、もうあまりよく分からなかった。だから、病院と家でずっとおじいちゃんのそばにいたママは、いつも心の中で呪文を唱えるみたいに繰り返していたんだって。「お父さんと話したい。もう一度だけでいいから、お父さんと話したい」

柔らかな日差しがありがたい冬の朝、奇跡が起こった。突然、おじいちゃんがはっきりとママに分かるように話し始めた。言った言葉は、まさにおじいちゃんという人そのものだった。

「おれはいいんだが……、こんな病人じゃぁな……」

「みんなによくよく面倒かけちゃって……」

「ありがと」

ドイツの僕達に電話がかかった。

「おじいちゃんが今日、急にしゃべりだしたのよ！　ボソボソとだったけど、よく分かるようにしゃべったのよ！　おじいちゃんは、自分の方が辛いのに、《おれはいいんだが……、こんな病人じゃぁな……》って言ったの。ね、分かる？　自分は大丈夫だから、心配しなくていい、こんな病人になってしまって、何の役にも立てなくなってしまった、って。

それから、《みんなによくよく面倒かけちゃって……悪いなー》って。ね、分かる？《ありがと》って。おじいちゃんが言った……」

ママは、僕達が日本語のニュアンスが分からないかもしれないと思って、おじいちゃんの言ったことを繰り返しながら、涙で言葉が続かなくなっていた。

短くてもいっぱい含みのある言葉を、おじいちゃんは残していった。「お父さんと話したい」というママの祈りが届いたのか、おじいちゃんはしっかりとおしゃべりをしていった。そうしてママも、やっと、心残りなくおじいちゃんとお別れすることができた。

最後の力を振り絞って、どうしても言いたかったことが言えて安心したんだね。それから二日して、家族に見送られながら、おじいちゃんは行ったらもう二度と戻ってこられないところへ、旅立って行った。おじいちゃんのことだから、きっと、穏やかに「ま、こんなもんだな」と想いながら、ね。

おじいちゃんの人生は終わった。
お疲れ様でした、おじいちゃん。
お世話になりました。
ありがとう。

色とりどりの千羽鶴と一緒に
灰になってしまったおじいちゃん
魂は、でも、ドイツに飛んできた
ドイツに住む僕の心の中に

あれこれ考えるとき
聞こえてくる
おじいちゃんの声

僕の考えも
僕の行動も
いつも見ていてくれる
励ますような穏やかな顔で

作者あとがき

さまざまな分野でグローバル化が進む中、国際交流、留学等々、日本人と外国人の相互理解のための機会がますます大切になっていますが、国際結婚は言ってみれば、個人的国際理解の究極のようなものかもしれません。

ドイツ人と日本人が家族として暮らすときには、言葉や文化習慣の相違による摩擦もあり、お互いに勉強することも多くなります。ドイツと日本の真ん中で、異なった文化圏出身の両親のもとで育った子供達にとっては、その勉強の量は普通の子供達の倍になるかもしれません。たとえば話し始めたばかりの幼い娘が「パパ、マウス、言う、ママ、ねずみ、言う、ナナ、どっちも言う」と遊びながら言っていたように、日々吸収することも多くなります。自分の家で当たり前だと思っていたことが、よその家にいくとそうではないことに気がつくこともあります。そんなことからも、文化比較は我が家の食卓の話題としてよく上ります。

人は知らないこと（言葉・文化習慣）には、つい警戒をしてしまいますが、いったん知ってしまえば、自然にそれを受け入れることもできます。日常生活の中で西洋と東洋の文化に囲まれて暮らしてきた子供達を見ながら、二つの国をふるさととして生きることは根無し草になることではなく、両方の文化習慣を自分という存在の一部として理解し、その分だけ人間として豊かに寛容になれることだと思います。

本書では、ドイツ人と日本人を親として育ったトミーに一人の若者として体験をもとにした考えを語ってもらうことにしました。トミーは、重態の祖父のもとに駆けつける道中、機内で、高速バス内で、枕元で、日独文化比較、祖父の世代の悲哀、学校で体験したドイツの戦後処理のようす、僕達若者の問題、日独の教育の違い等々について、日本人の祖父相手に語りつづけます。

トミーがベッド際で過ごした日々、さらに、ドイツ人伯母のガン、ドイツ人祖母の脳梗塞、日本人祖父のパーキンソン症との闘いを回想します。ドイツの家族、日本の家族がそれぞれに襲われた病気と闘い、生と死に向かい合うさまを目の前にするとき、一人の人間という姿が圧倒的に浮き彫りになり、国の違いということがほんの些細なことのように思われてきます。日独家族三人の苦悩を目の当たりにしながら、運命を前にした人間の無力さが改めてつくづく身に沁みました。そんなときに、精神的強さ、辛抱強さがどんなに大切か、また、苦悶苦闘する当人にとっては、周囲の心からの気遣いや理解がどんなに力づけになるかを学びました。

以前はドイツで偶然手に入れた日本の新聞を読むたびに、祖国の雑踏が聞こえてくるようでとても懐かしく思われたものです。今でははるかドイツでも、日本の新聞はもちろん、どんな町の隅々の情報でもインターネットで読むことができるようになりました。もはや新聞から〝雑踏〟を感じる感激は薄れてしまいましたが、その分ドイツにいながらにして、日本にいるかのような気分になれるという効果もあります。そのような時代になっても未だに、日本からのお客様はそれぞれに我日独一家に強烈な〝日本人の印象〟を残していきます。その残された〝印象〟をもとに、日本とドイツの一長一短について話し合っては、中庸の道はないものかと思い巡らすことになります。

〈百聞は一見に如かず〉、生の体験を通して、他の立場を理解してこそ本当のゆるぎない寛容の心が持てるのではないでしょうか。そのようなお互いへの寛容な心が、対人関係においても国際関係においても平和的にやっていける基になるのではないでしょうか。

また、〈可愛い子には旅をさせよ〉と言われるように、若者達は自らの体験をもとに自ら考えて行動するとき、その結果はともかく、一人の人間として生きる自信や、生きる楽しみを見出すのではないでしょうか。


国際結婚二十七年間の体験の集大成ともいえる本書は、小説、エッセイ、ノンフィクション等のどのジャンルにも当てはまらないということで、出版に漕ぎ着けるまで関係者の方々には大変なご苦労をおかけしました。また、息子トミーが思いを語るという形については、二十歳の青年がそんなことを考えるのだろうか、という疑問をもたれる読者の方もいるかと思われます。が、まさにその点でも、書いてみたいと思ったのでした。

ドイツの子供達は、幼いときから自分で考え自分の責任で生きる〈自己〉という意識をもてるような教育を受けています。ドイツ人である子供達のしっかりした考え方や自分の人生への自覚に気が付くたびに、日本での若き日の我が身を思い出してはつくづく感心してしまいます。そのような教育を受けた息子と、原稿の内容について話し合いを重ね、できるだけドイツ人の若者の気持ちを反映させるようにしました。ちなみに、考えることを楽しみとする息子は現在、政治学、哲学、社会学専攻の学生として、ますます思索にふける日々を過ごしています。

本書が、読者の皆様にとりまして何らかの意味をもつとすれば、作者としてこれ以上の幸いはありません。

ブックストラテジーサービス代表取締役社長豊田哲様には、形のないうちから励ましのお言葉をいただき、出版まで何から何までお世話になりました。深い感謝の念でいっぱいです。

明窓出版増本利博社長には、未熟者の拙原稿を信頼してくださいましたことに、麻生真澄編集長には、出版までの懇切なお骨折りに、深く感謝いたします。

辛抱強く議論し読み直しを繰り返し、アイディアを提供してくれたトーマス、後方応援団の家族のみんな、本当にありがとう。

最後に亡き父の萩野谷忠照へ
「お父さんの最期の四ヶ月の辛い日々があって、本書は生まれました。本当に、どうもありがとうございました」合掌

2006年7月
ドイツ　ベルギッシュ・グラッドバッハにて
オルセン昌子

ドイツと日本《にほん》の真《ま》ん中《なか》で

オルセン昌子《まさこ》

明窓出版

平成十八年八月一日初版発行
発行者―― 増本　利博
発行所―― 明窓出版株式会社
〒一六四―〇〇一二
東京都中野区本町六―二七―一三
電話　（〇三）三三八〇―八三〇三
ＦＡＸ（〇三）三三八〇―六四二四
振替　〇〇一六〇―一―一九二七六六
印刷所―― 株式会社　シナノ
落丁・乱丁はお取り替えいたします。
定価はカバーに表示してあります。

ISBN4-89634-186-4

ホームページ http://meisou.com　Eメール meisou@meisou.com

イギリス游学記～あるいはハイドパーク物語

谷口忠志

ロンドンでの職探し。英語学校では多国籍の友人と交流。ヒッチハイクでヨーロッパ横断、そしてスカンジナビア半島まで。イギリスの游学経験をあますところなく綴った体験記。ポーランド女性、アラと歩く、オックスフォード・ストリート。散歩を重ねたハイドパーク。祖国の違い、人種の違いに戸惑い、悩みながらも、二人は歩みよっていく。感涙、感動のドキュメンタリー。　1.680円

パリ大好き少女へ

小国愛子

雑誌書評でも大好評だった「あなたの知らないロンドン」の続編。若い女性のパリ暮らし徹底レポート。全てのフランスびいきに贈るパリ生活教本。素顔のパリを体験できます。　1.223円

トルコ　イスラエルひとり旅

小林清次

旅に出よう！　日本はあまりに狭すぎる。先進国より発展途上国を旅するほうが、発見も多く面白い。奥の深い文化の違いを理解すれば、狭かった視野が果てしなく広がる。　1.260円

マレーシアの風に吹かれて

森　智子

豊かで美しい自然。様々な人種が行き交う雑踏の音。チャイナタウン、インド人街の独特でスパイシーな香り……。近くて遠い国、マレーシアを、写真とエッセイで綴る。

1.575円

Ｏｈ！　マイ　フィリピン～バギオ通信

小国秀宣

南の島にこたつを持ちこみ、湯豆腐、メールもいいけれど……。フィリピンの軽井沢、バギオの暮らしはこんなにもハートを暖めてくれた。窒息状態の日本が、謙虚に教えてもらうべきものが、フィリピンにはまだたくさんあったのだ。

1.575円

南京好日～南京に住んで想ったこと　小倉晴久

日本で例えれば、半世紀も前の農村に、突然２１世紀の最新文明が侵略して来た……そんな感じであった。しかも共産党が一党支配するイデオロギー国家のなかに、資本主義の企業文化が入り込んでいる。こんなに矛盾した状態が、今後安定して続くはずがない。貧しい農村と近代的な経済活動は、この先一体どうなるのだろうか？

1.470円

アイ・ガッチャ ～振り返った、あめりか

田靡　和

「今度ニューヨークへ行ってもらうから」この一言から海外赴任がはじまった。住んでみなければ分からない、アメリカのあんな事やこんな事。異文化に触れ、時にはカルチャーショック、時には目から鱗といった毎日をコミカルに綴る。

1.365円

サンバの故郷《ふるさと》　緑の大地

中野義雄

戦後ブラジル技術移住者の放浪と流転の人生録。第一章　第一回目ブラジル移住／第二章　西回り南米航路／第三章　ブラジルでの生活／第四章　南米周遊の旅／第五章　サンパウロからメキシコへ／第六章　日本へ帰国／第七章　アメリカ周遊旅行／第八章　カナダでの生活／他、全十四章

1.732円

八重山ひとり旅

たけざわ　まさり

石垣島、竹富島、波照島の青い海と豊かな自然が舞台。「女の一人旅」なんて言葉からイメージする優雅さとはかけ離れた、チープかつ大胆なトラベルエッセイが、爆笑を誘う。

1260円

虹の国から～ニュージーランドひとり暮らし

中島幸子

これからの生き方、スローライフのすすめ。外務省に6年間勤務後、人事院に勤め、退官後、ニュージーランドに単身移住。この国の何がここまで彼女をひきつけるのか。 1.470円

薔薇のイランから 紫荊の香港から

――あなたへの手紙――　山藤恵美子

イラン、香港、両国に暮らした日本女性の日常を軽やかに綴る。唖然としたり、日本の良い点、悪い点を改めて思い知らされたり。異郷でのさまざまな体験が、人を成長させる。 1.680円

豪華客船「飛鳥」夢紀行

～海のシルクロードを航く　長岡帰山

豪華客船「飛鳥」で行く夢の船旅。横浜からアテネ迄の三十日を、船上の過し方、人との出会い、異国での体験等で綴る。一度はしたい豪華客船の旅の毎日が、鮮明に見えてくる。 1.680円